unison ユニゾン

愁堂れな

幻冬舎ルチル文庫

CONTENTS ✦目次✦

unison ユニゾン

✦カバーデザイン＝清水香苗（CoCo.Design）
✦ブックデザイン＝まるか工房

イラスト・水名瀬雅良✦

unison ユニゾン

1

「……ほら、もっと脚開けよ」

後ろを散々指で弄《いじ》ったあと、桐生《きりゅう》がそう言って僕の裸の尻を叩《たた》く。

「……こんな所《ところ》じゃ無理だっ……」

答える声が掠《かす》れてしまう。フロアの皆が帰ってしまったあと、いつものように彼に促されるまま応接室へと連れ込まれ、狭いソファの上で慌しく下半身だけ裸に剝《む》かれた。うつ伏せにされ、いきなり指を突っ込まれたので、痛い、と身体《からだ》を捩《よじ》ったら、

「抵抗するなんて生意気じゃあないか」

不快そうに言われた挙げ句、両手を高く上げさせられて締めていたネクタイで縛られた。これも最近ではいつものことなので僕はたいして慌てはしなかったが、帰るときに撚《よ》れたネクタイを締めなきゃならないのは嫌だなと、彼に気付かれぬように溜《た》め息《いき》をついた。

桐生が乱暴に僕の後ろを、その細く長い指でかき回す。段々と慣れてきたそこは、彼の指の動きを待つようにひくひくと震えはじめた。

「指じゃ物足りないみたいだな」

桐生はすぐにそれに気がつくと意地悪く笑い、自分のベルトをかちゃかちゃと音を立てながらはずして、ファスナーの間から彼自身を取り出した。

いつもなら僕に扱《しご》かせるのだが、今日は僕の両手は縛られている。彼はどうしようかな、と一瞬仰向《あおむ》けにした僕へと目を走らせたが、やがて待ちきれなかったのか手早く自分でそれを扱き始めた。

そしてあっという間に勃《た》ちあがったそれを僕の後ろへと捻じ込もうとして、

「もっと脚を開けよ」

と僕の尻を叩いたのだ。

そう言われても、こんな安手の——まあ金額は関係ないか——狭いソファではどうやったって脚なんか開けるもんじゃない。

「……こんな処じゃ無理だっ……」

そう言いながらも、可能な限り僕は両脚を大きく開き、ソファの背と前のテーブルに足先をおいてバランスを取った。

「お前が辛《つら》いだけだから別にいいけど」

桐生はぼそりと呟《つぶや》くと、おもむろに僕の腰を両手で引き寄せ、一気に猛《たけ》る雄を僕の中に埋め込もうとした。

「……っ」

いきなりの所作が生む苦痛に、僕は眉を顰《ひそ》めた。桐生はそんな僕にはお構いなしでそのまま激しく腰を使い始める。

ワイシャツの背がソファのクッションに擦《こす》れて背中が痛んだ。両手を彼の首へと回《まわ》して身体を浮かせようにも手首を縛られていてはそれも叶《かな》わず、僕はただただ唇を噛《か》んで彼が僕の中で達するのを待った。

と、桐生は挿入したまま、僕の身体を今度はうつ伏せにしようとした。動きが止《や》んだことにほっとしつつ、僕も彼の意を汲《く》んで身体を反転させる。ソファの上で僕に膝《ひざ》をつかせ、腰を高く上げさせたかと思うと、またも彼は激しく抜き差しをはじめた。

苦痛しか伴わなかったそこが、次第に彼の激しい突き上げにひくひくと反応し始める。最近漸《ようや》くこの行為に、苦痛以外の――きっと『快楽』といっていいんだろう、そんな感覚が芽生えてきた。僕の雄がだんだんと硬くなってゆくのが自分でもわかる。

彼にもそれはわかったのだろう、不意に後ろから伸びてきた手が、僕自身を握ると激しく扱き始めた。

後ろへの突き上げと、自身に与えられる直接的な愛撫に、もう駄目だ、と僕は激しく首を横に振りながら、高く彼の名を呼んだ。

「桐生っ」

「なにっ？」

動きは止めずに、桐生が僕の肩越しに顔を覗《のぞ》き込んでくる。

「もう駄目っ……出るっ」

僕は歯を食いしばり漸くそれだけを叫んだ。が、桐生はなんだ、というように笑って、

「出せばいいじゃないか」

と尚《なお》も激しく僕を扱き上げてゆく。

「後始末……っ……するの、僕じゃないかっ」

言いながらもついに耐えられず、僕は低くうめいた後、彼の手の中で達してしまった。

「うっ……」

それで収縮した後ろに刺激されたのだろう、桐生も僕の中で達したようで、そのまま僕の背に体重をかけてくる。

「……中で出すなよ……」

荒い息の下、恨みがましく彼を横目で見上げると、

「女みたいなこと言うなよ」

桐生は笑って、はあ、と僕の背の上で大きく息を吐いた。

暫《しばら》くそうして桐生は僕の背に凭《もた》れ掛かっていたが、「さて」と小さく呟き身体を起こした。

ずるりと後ろから彼自身が抜けた感触に、僕の口から息が漏れる。

「……なんだ、まだしたいのか」

桐生は呆《あき》れたように笑って僕を見下ろし、持ち込んでいたティッシュの箱から数枚抜き取ると、それで自分の手を拭《ぬぐ》った。

「したくないよ」

ぶすりとそう言いながら、僕もなんとか自力で身体を起こすと、彼に向かって、

「解《ほど》いてくれよ」

と縛られた両手を差し出した。

「自分で解けよ」

面倒くさそうにちらとその手を見下ろして、さっさと自分だけ身支度を整えている彼に、僕は半ば真剣に懇願した。

「早くトイレに行きたいんだよ。頼むから解いてくれよ」

「トイレ?」

桐生は片方の眉だけ上げてちらと僕の顔を見やったが、やがて納得したようににやりと笑うと、

「ここで始末してもいいんだぜ?」

そう言いながらもネクタイの縛《いまし》めを解いてくれた。

「出来るか……そんなもん」

解かれたあともなかなか血の気が戻らない両手首をそれぞれに擦りながら、僕は手早く落

ちていたズボンだけ身に着けると、下着を手に会議室を出た。

既に警備員が見回ったあとなのだろう、フロアの電気は全て消されて、エレベーターホールの灯《あか》りがぼんやりと差し込んでいる。僕は足早に机の間をすり抜けフロアを出ると、エレベーターホールにあるトイレへの個室へと駆け込んだ。

後ろに溜まる桐生の残滓《ざんし》の後始末をしながら、シャツにも精液が飛んでいることに気づいてうんざりする。これが自分のものであるというのがまた情けないと、僕はトイレットペーパーでできる限り固まりそうになっているそれを拭い去ると、再びズボンを足から引き抜き、下着から身に着け始めた。

漸くひと心地ついて、今は一体何時なのだろうと腕時計を見る。深夜の二時半を指している時計の針を見た途端脱力感に襲われ、僕は個室の中で大きく溜め息をついた。

「遅い」

会議室に戻ると、桐生はそう言って僕を睨《にら》んだ。室内は彼が整えてくれたようで、一見しただけでは何があったかはわからない。

「悪い」

何故《なぜ》に自分は謝るのか、と思いつつ頭を下げると、

「帰ろうぜ」

桐生はふいと僕から視線を逸らし、ドアの方へと歩き始めた。

桐生との『関係』が芽生えたのは、今から三ヶ月ほど前になる。

彼とは入社も同じ年で配属も同じ部であったから、知り合ってからもう三年になるのだけれど、そういう嗜好を持っている男だとは僕は少しも気付かなかった。

どちらかというと軟派な外見をしている彼は、それでも国立大理系、しかも院卒で、そのギャップがまたいいと社内外ではかなりの人気を博していた。

僕達の勤め先は総合商社だが、僕らの配属先が国内営業を担当する部署だったために、取引先は全て国内の会社、そしてユーザーになる。

人当たりもいい上に、何処《どこ》か人の心を捉《とら》える術《すべ》を身に着けている桐生は、そういった客の部長クラスからも酷《ひど》く気に入られ、同期の僕とは比べものにならないくらいに業務成績もよかった。

そういう僕は私大文系卒、しかも体育会系でもなく――桐生は体育会ゴルフ部だった――吹けば飛ぶような一総合職だ。

可もなく不可もなし、というのがこの間の課長面接で言われた評価だった。先輩から引き継いだ客先を減らすことはなかったが、桐生のように商権を拡大し、新たな客を摑《つか》むことなどまだまだ出来ないでいた。

「出来のいい同期と一緒だと苦労するなあ」

同じ寮の同期はそう言い同情してくれたが、僕自身は何というか、彼と自分は全くの『別物』——中身の出来も違うし、外見だって叶うわけがない——と、早々に同じ土俵からは降りてしまっていたので、卑屈に感じることもなく、彼とは普通に付き合っていた。

といっても、その『付き合い』は会社の中に限られていた。同じ独身寮には入っていたが、寮ではそれぞれに仲のいい同期がいたこともあって、連れだって休みの日に遊びに行くというようなことはなかったし、仕事以外で親しく言葉を交わすこともなかった。

そんな淡白な付き合いをしてきた彼と、身体の関係が生じるようになろうとは、僕には想像すらできないことだったのだ。

きっかけは——共通の取引先との忘年会の帰りだった、と思う。

年末のちょうど多忙な時期で、まだ仕事を残していた僕達は会食が終わったあと、再び会社へと引き返してきた。

残業をするために戻ってきたはずなのに、机についた途端に会の最後に一気に飲まされたウイスキーが回ってきてしまった。

「ごめん、ちょっと寝てくる」

僕は桐生に声をかけ、応接室に向かうとソファに横になった。折角戻ってきたが、今日はもう仕事にならないかもしれないと思いながら電気を消した部屋で寝転んでいるうちに何時《いつ》の間にか眠ってしまったらしい。

不意に点《つ》けられた灯りに僕は漸く目覚め、眩《まぶ》しさに目を細めながら部屋の中を見回した。

「大丈夫か？」

桐生の声が上から降ってくる。

「ごめん……今、何時？」

酒が残っているためか頭が酷く重かった。尋ねた声が自分でも驚くほどに掠れている。

「一時半」

答えながら桐生が僕へと覆《おお》い被《かぶ》さってきた。

「一時半？」

ああ、もう帰らなければ、と起き上がりかけた僕の身体を、桐生は肩を摑んでまたソファへと押し付ける。

「……なに？」

ただならぬ気配に僕は眉を顰めて彼を見上げ――いきなり彼が僕に圧《の》し掛かってきたかと思うとシャツのボタンを飛ばして前を開かせたことに驚き、思わず大声を上げた。

「おいっ？」

だが桐生は少しも動じることなく、僕がシャツの下にきていたTシャツを捲《まく》り上げると、手早くベルトを外し、ファスナーを下ろしてズボンを下着ごと一気に膝のあたりまで下げてしまった。

「何やってんだよ？」

尋常じゃない事態が起こると、思考も身体の動きも止まるらしい。僕は呆然《ぼうぜん》としたまま、萎《な》えた僕を握って扱き上げる彼にされるがままになっていた。

彼の片手がTシャツをさらに捲り上げ、胸の突起を触ってくる。ぞくぞくとした感触が胸から、下半身から上ってくるのに僕が眉を顰めると、

「感じやすいな」

桐生は笑って、既に立ち上がっていた僕の胸の突起を軽く引っ掻《か》いた。

びくん、と彼の手の中で僕自身が脈打つ。

「へえ」

彼は面白がってしつこく僕の胸の突起を引っ掻き続けた。

「なにやってんだよ？」

血が下半身へと集まり始めるうちに漸く考える気力が戻ってきたようで、僕は今更のように彼の手から逃れようと抗《あらが》い始めた。と、桐生は扱いていた僕の雄から手を離すと、睾丸を力いっぱい握った。

「……っ」

激痛に僕の動きが止まる。

「わかればいいんだよ」

桐生はそう笑うと、また僕の竿へと手を戻し、先ほどよりも優しい手つきで再び扱き始めた。

僕はすっかりそんな彼が怖くなってしまい、身体を竦《すく》ませたまま彼の手に身を預けることしかできないでいた。心と身体は別物で、やがて僕の雄の先端からは先走りの液が流れ始め、だんだんと息も上がってくる。すると桐生は、

「後始末が大変だからな」

そう言って僕から手を離すと、両腿《もも》の内側を摑み僕の脚を大きく開かせた。

屹立しきった雄が自分の腹へと押し付けられるほどに腰を持ち上げられ、なに？　と身体を硬くする前に、いつのまにか自分もズボンを下ろしていた桐生が、既に勃っていた彼の雄を僕の後ろへと捻《ね》じ込んできた。

「……っ」

あまりの痛さに僕は悲鳴を上げることも出来ず、必死でソファのクッションに爪を立て、できるだけ身体を上へとずらそうとした。

が、桐生は僕の脚を摑むと、力ずくで自分の方へと引き寄せ、無理やり僕の中へと猛るそれを挿入させきると、

「動くよ」

一応断るだけ断って、いきなり腰を使いはじめた。激痛が激痛を生み、もう僕は恥も外聞もなく大声で泣き叫んだ。

どんなに暴れてもしっかりと彼に押さえつけられた身体は思うままにならず、時間が経《た》つにつれ抗う気力もすっかり失《う》せていった。

僕はただひたすら、痛みが早くなくなることだけを祈った。ずしり、と自分の後ろに感じた重量感で、漸く桐生が僕の中に精を吐き出したことを知り、思わず僕は、ああ、と安堵《あんど》の声を上げた。

くすり、と笑う声に誘われ見上げたところに桐生の端正な顔があり、僕は不意に襲われた恐怖感に震えながら暫く彼を見上げ続けた。

「なんだ、寒いのか」

桐生はそう言うと、よいしょ、と小さく声をあげて立ち上がり、その場でズボンを上げはじめた。僕は呆然とそんな彼の姿を見つめていたが、すっかり服装を整えた桐生が、

「寒いんだろ？　早く服を着ろよ」

呆れたように言い、僕を見下ろした、その言葉の通りにのろのろと起き上がり、下げられたトランクスを上げてスラックスを穿《は》いた。

激痛が走るとともに、どろりと後ろから彼の残滓が流れ出す感触がし、吐き気を覚えたあ

まり僕は口を抑えながら部屋を飛び出した。

トイレへと走り、便座を上げて中に胃の中のものを全て吐ききるような勢いで吐いていると、背中を擦《さす》ってくれる手がある。吐きながら後ろを見上げたときに、その場にいたのが桐生であるということが、益々《ますます》僕の恐怖を煽《あお》った。

彼は僕が吐き終わるまで背中を擦ってくれていたが、ようやく僕が落ち着いたのがわかると、

「帰ろうぜ」

座り込む僕の上から普段どおりの口調でそう言い踵《きびす》を返した。

あれはなんだったのだろう――共にタクシーで帰りながら、僕は隣に座る桐生の顔をちらと見たが、眠っているのか、腕を組んで目を閉じている彼の顔からは何も窺《うかが》い知ることが出来なかった。

力で捩じ伏せられることがあれほどの恐怖を呼ぶものだということを、僕は生まれてはじめて知った。それがトラウマになってしまったのかもしれない。

それから残業中、二人きりになると桐生は無言で僕の腕を摑んで応接室へと引っ張っていき、そこで同じように僕を押さえつけ、僕を犯した。

やめてくれと懇願する隙《すき》を彼は与えず、まるで双方合意のもとの行為のように、桐生は易《やす》々《やす》と僕を組み敷き、猛る自身を僕の中へと埋め込んできた。力では到底かなわなかったし、

同性同士だというのに、泣いて許しを乞《こ》うのもなんだか憚《はばか》られると思いながらも、どう考えても異常なこの事態に最初、僕は苦しんだ。

夜中、無人のオフィスで桐生が「応接室へ行こう」と僕の手を取るたびに「嫌だ」とその手を振り切ればいいものを、唯々諾々《いいだくだく》と、彼に従い部屋へと入る自分自身が信じられなかった。

桐生は思いつきのように、色々なことを試してきた。最初に目隠しをされたときには、何をされるかわからない恐怖に僕の身体は竦んだが、それから両手を縛られたり、裸でテーブルの上に寝かされたりするうちに、すぐにそんなことにも慣れてしまった。

そうして彼と身体を合わせる回数だけは増えていったが、二人の関係は少しも以前と変わらなかった。

否——二人きりになると、桐生は人当たりのいい仮面をあからさまに脱ぎ捨てるようになったという意味では、上辺だけの付き合いだった以前よりは僕たちの関係は『変わった』と言えるかもしれない。

二人でいるときの彼は、常に僕に対してぶっきらぼうに接した。社内で人目があるときは決して見せない投げやりな態度で僕の身体を扱い、思いやりの欠片《かけら》もないようなやり方で僕を犯した。

桐生は何故、僕のことを抱くのだろう——あの行為を『抱く』といってよければ、だが

――と、僕はずっと考えていた。

機嫌のよさそうなときを見計らって、僕は彼にそれを尋ねたことがある。桐生は、馬鹿馬鹿しい、と肩を竦めながらもぶっきらぼうに答えてくれた。

「別に理由なんかないよ」

「それじゃ、君はゲイなのか？」

思わずそう尋ねると桐生は、

「違う」

と即答し、それなら何故、と重ねて問いかけようとした僕に、

「俺が『したい』ときにお前が一番手近にいた、それだけさ」

面倒くさそうにそう答えたのだったが、そんな理由で済まされるような問題だろうかと僕は首を傾《かし》げつつも、確かに彼との関係に少しの変化もないことは肯定せざるを得なかった。『関係』が生じてからも桐生とは会社以外ではまったく交流もないままだったし、自分でいうのも恥ずかしいが、寮でも彼に求められることはなかった。人目があるから当然なのかもしれないが、そういう意味では会社とて人目がある場所に違いない。

休みの日も一緒に出かけることなどなく、たまに休日出勤が重なったりすると会社で昼間から抱かれることがないでもなかったが、敢《あ》えて会社以外で、無人の場所を選んでまで関係を持とうとは、彼は絶対にしなかった。

周囲の人には全く気づかれぬままに、桐生は精神を病《や》んでいるのか——仕事が出来ると期待されるが故に、その重圧に耐えかね、どこかに出口を求めて僕を犯すことで発散しているのか。だから場所も会社なんじゃないだろうか、と僕はその理由を勝手に考えたりもしたが、実際に彼を目の前にしてしまうと、そんな病んだ面は少しも見受けられなくて、自信に満ちた目で業務もこなすし、僕の身体も犯すという桐生の内面は、相変わらず少しも推《お》し量ることが出来なかった。

それでも慣れとは恐ろしいもので——僕は昔から順応性だけには自信があった。転校少年だったからかもしれない——相変わらず苦痛は伴ったが、行為自体にはそれほど嫌悪を感じないようにもなってきたし、桐生に抱かれたあとの始末も自分で出来るようにもなっていった。

彼の動きの癖などもすっかり心得て、それにあわせて自分の身体の向きを変えることすら出来るようになってきた最近では、さすがにこのままではマズいのでは、と思わなくもなかったが、易きに流れるこの性格が彼を拒否することよりも、言われるがままに身体を開くほうを選んでいた。

次第に桐生との行為がある種の快感を伴うようになってきたのも、僕をその方向へと走らせる要因になっていたのかもしれない。乱暴な彼の所作は苦痛も生んだが、同時に彼に身体の奥まで力強く突き立てられることに、僕は今まで得たことのない快楽を感じるようになっていた。

後ろを攻められながら前を握られただけで、軽く達しそうになっている自分がいる。本格的にこのままではマズいと思いながらも、僕は自分からは、何一つアクションを起こすことが出来ないでいたのだった。


「寝てんのか？」

不意の問い掛けに僕の意識は現在《いま》に戻る。一緒に乗ったタクシーで、僕は桐生に凭れたまま眠ってしまっていたらしい。

「ああ、ごめん」

あわてて身体を起こしながら、僕は運転席の近くの時計を見た。

午前三時――あと四時間後には起床し、また会社へと向かわなければならない。思わず溜め息をついた僕に、珍しくも桐生が冷たい声で絡んできた。

「何か言いたそうだな」

「いや、別に」

慌てて首を横に振り、俯《うつむ》いたまま僕は撚れたネクタイを伸ばそうとした。

「嫌味だな」

と、桐生の手が横から伸びてきて、僕のネクタイを掴むと軽く引いた。

「そんなつもりじゃないよ」

更に慌てて僕はそう言い訳すると、わざとらしくも「そろそろ着くかな」と窓の外へと目を向ける。

ふと窓ガラスに映った桐生の顔に僕は違和感を覚え眉を顰めた。僕に見られていることなど気づかず、僕の後ろ姿を眺めている彼がやけに寂しそうな表情を浮かべているように見えたのである。

まさか、ね。

僕は思わずもう一度、窓ガラスに映る画像をしっかり見ようと目を凝《こ》らした。が、そのときにはもう、桐生は僕の方など見ておらず、次に曲がる角を指示しようとでもするかのように前をじっと見つめていた。

僕はなんとなくほっとしながら、コツンと額《ひたい》を窓へとつけた。暖房の効きすぎた車内、窓ガラスの冷たさが気持ちいい。

「寝るなよ。もう寮だぞ」

相変わらずぶっきらぼうな桐生の声に、ああ、と僕は頷《うなず》きながら、ふと彼は何故、僕の身体を抱くのだろうと、今更の疑問を心の中で反芻《はんすう》していた。

2

翌朝出社し、席についた途端、北村《きたむら》課長に肩を叩かれた。

「ちょっといいか？」

目で促され、彼のあとに続いて会議室へと向かう。ちょうど部屋が塞《ふさ》がっていたこともあり、そのまま課長は隣の応接室へと入ってしまった。

昨夜の桐生との情事のあとは流石に残っていないだろうが、課長に続いて部屋に入りながら僕は自分の頰《ほお》が強張《こわば》るのを感じていた。

やはりあまり気分のいいものじゃない。来客のときにこの応接室はよく使うが、そのときも僕の顔は少し強張ってしまう。

特に自分たちが『使った』次の日など、客がその長椅子に座っているのを見ると、百パーセント気付かれない自信はありながらも、どうにも落ち着かない気持ちになってしまうのだが、今日、課長は何を思ったのか僕にその長椅子に座るように勧めてきた。

「そんな……」

僕は遠慮するふりをし、それを避けようとしたが、

「いいから、いいから」

北村課長はさっさと自分は下座の椅子へと座ってしまった。仕方なく僕は長椅子へと腰を下ろすと、さりげなくクッションの辺《あた》りへと目をやった。

昨日の行為の痕跡は全くないと確認できて、少し落ち着きを取り戻し、漸く課長が何故、僕を呼び出したかということが気になってきた——我ながら反応が遅すぎる。

課長は、所在なさげに上座に座る僕に向かっておもむろに、

「実はね」

と本題を切り出してきた。

「君に自動車貿易部への異動の話があるんだ」

「え?」

僕は驚いて課長の顔を見やった。業務態度でも注意されるのではないかとしか想像していなかった頭には、『異動』の二文字は強烈過ぎた。今まで気配すらなかったじゃないか、と言葉を失っている僕に、

「急な話で僕も驚いているんだよ」

北村課長はオーバーとも思えるような溜め息をついてみせると、それこそ立て板に水の如《ごと》く、喋《しゃべ》り始めた。

「実はね、自動車貿易部の若手が来月依願退職してしまうらしい。今も人が足りないところ

に持ってきてそれでは如何《いかん》ともしがたいと、自動車本部長がウチの本部長に頼み込んできたそうだ。ウチは国内部隊だから英語のできる若手が少ない。そんな中でTOEICの成績のいい君に白羽の矢が立ったわけなんだが、どうだろう？　商社に入ったからには一度は貿易業務も経験した方が君のためにもなると思って、僕は賛成しているんだけれどね」

啞然《あぜん》としながら話を聞いていた僕だったが、勿論《もちろん》自分に拒否権などあるわけもなく、ひとしきり課長が喋り終わったあとに、「はあ」と間の抜けた相槌《あいづち》を打つことしかできなかった。

「そのうち部長に内示のために呼ばれるだろう。その前に君の耳に入れておいた方がいいかと思ってね」

北村課長は恩着せがましくそう言うと、僕が「有難《ありがと》うございます」というのを待って、

「それじゃ、そういうことで」

と椅子から立ち上がった。僕も続いて立ち上がり、課長のあとについて自分の机へと戻った。

順応性だけが取り得の僕は、確かに語学の成績はよかった。――順応性と語学力は別物なのかもしれないが――入社したときに受けさせられたTOEICは八九〇点だったと思う。

だが、TOEICの成績だけでいうのなら、桐生の方が断然上――確か九四五点という、本部内で最高得点だった――なのだ。それでもこの異動の話が桐生ではなく僕へと回ってきたのは、やはり部長も本部長も桐生を手放したくなかったからなのだろう。誰だってナンバ

ーワンは自分の手元に置いておきたいものである。

　かといって、『使えない』人間を厄介払いしたくても、受け入れる側にも拒否権はあるだろうから、僕のようにそれこそ『可もなく不可もない』断る理由がみつからない、中庸の人間が選ばれたのだろう——なんて自分で分析してる場合かと思いつつ、自分の席に座った。

　途端に目の前の書類の山にかかわるのが面倒になってきてしまい、こんなことでどうする、と己を叱咤《しった》しながら僕は気分転換の為に手洗いに立った。

　用を足しながら、一体どのタイミングで発令されるのだろうとぼんやりと考えている僕の隣で誰かが用を足し始めた。何気にちらとその方を見て、僕は思わず、あ、と声を上げそうになった。

　そこには桐生が立っていて、僕が彼に気づいたのを確認したあと、小さな声で尋ねてきたのだ。

「何だった？」

「何？」

　聞き返しながら、課長に呼ばれた話の内容のことか、とわかったが、人事の話は誰にも漏らさないのが鉄則であることも知っていたので、

「いや、別に」

　僕は言葉を濁して早々に自身を仕舞いこむと、そのまま洗面台の方へと向かった。

手を洗っていると後ろから桐生が近づいてくる気配がする。なんとなく避けるわけではないが、僕は俯いたまま蛇口を閉め、そのままトイレを出ようとした。

が、次の瞬間、いきなり腕を摑まれたかと思うと物凄《ものすご》い勢いで入り口の横の壁へと身体を叩きつけられていた。僕は驚いて目の前に立ち塞がる桐生の顔を、打ちつけられた背中の痛みに顔を顰《しか》めながら見上げた。

「何だった？」

再び同じ口調でそう尋ねながらも、僕を見つめる彼の視線は鋭い。

「……業務態度について注意を受けたんだよ」

気づいたときには僕は彼に嘘をついてしまっていた。

「注意？」

意外そうに目を見開く桐生の顔を見ながら僕は、

「昨日の寝不足が祟《たた》って欠伸《あくび》ばかりしている僕を見て、真剣味が足りないって注意を受けたんだよ」

すらすらと嘘の上塗りをしていた。

自分でも何故こんなことをしているのかがわからない。どうせ数日内にはバレてしまうだろうにと思いつつも、僕は彼に異動の話を切り出すことがどうしてもできなかったのだ。

「ふぅん」

桐生はまだ納得できないような顔をしていたが、やがてにやりと笑うと、

「寝不足は仕方がないよな」

そう言い、僕の身体から手を離した。

「仕方がないって……」

思わず言い返しそうになったが、折角収まった彼の機嫌をまた損ねさせるような言動は避けようと、僕は「それじゃあ」と軽く頭を下げ、そのままトイレから飛び出した。

強く壁に打ち付けられた肩甲骨《けんこうこつ》が少し痛い。考えてみれば誰が入ってくるともわからないトイレで、桐生は何を考えてあんな行動に出たのだろう。僕は首を傾げかけ――同時に、あることに気づいてしまった。

異動したら僕は、桐生にとって『手近な人間』ではなくなるのだ。

思わず歩きながら顔が笑ってしまうのを、僕は必死に抑え込んだ。異動先の部はこのフロアの上の上――場所も離れる上に、本部すら変わるのである。

フロアも所属も越えてしまえば、流石に彼に手を引かれて会議室へと連れ込まれることもなくなるだろう。漸く僕は、わけのわからない桐生とのセックスから解放されるのだ。そう思うだにまた顔が笑ってきてしまう。

そういえば自動車本部には、田中《たなか》がいたな、と僕は異動先の本部にいる、同じ寮の仲の良い同期の顔を思い出した。何気に様子を聞いてみるか、などと、すっかり前向きな気持ちに

なりながら、僕は鼻歌でも歌い出しそうな気分で自席へと戻ったのだった。

席に着いてパソコンの画面を見ると、その田中からメールが入っていた。毎日寮で顔を合わせているのに、メールだなんて、珍しいこともあるものだと思いつつ開いてみる。

『自動車本部に異動だって？　隣の部だよ。宜《よろ》しくな』

文面を読み、僕は思わず速攻でそれを閉じた。自動車本部はウチとは違い、随分人事関係がオープンらしい。もう隣の部の田中まで知っているとは、と僕は焦って周囲を見回した。

僕の所属している建設部は、人事情報が殆《ほとん》ど漏れることがない。本人への内示は国内異動なら三日前、海外なら一週間前という規定がそのまま守られている部だった。

先程の北村課長のように、『思いやり』から事前にこっそり教えてくれるということもないではないという程度で、それこそ周囲の人間が知るのは発令当日だったりするのだが、本部が違うと随分温度差があるようだ。

これは周りに知られるのも案外早いかもな、と溜め息をついたそのとき、射るような視線を斜め前から感じ、僕はぎくりとしながら顔を上げた。

その瞬間目に飛び込んできた、あまりに険しい桐生の顔つきに、僕の背筋に冷たいものが走った。目が合ったことに気付くと桐生はそのまま無言で僕から目を逸《そ》らしたのだったが、そのことがまた僕の胸の鼓動を速めた。

僕も慌てたようにまたパソコンの画面へと目を戻しながら、これは全て自分の気のせいだと必死に思い込もうとした。自分に後ろ暗いところがあるから、桐生の視線を「険しい」などと思ってしまうのだ、と。

田中に対し、まだ部長から内示も受けてないから人に喋るな、と釘を刺し、そっちへいったら宜しくな、と返信したあと、普段の業務をこなしながらも、僕は何故か気づくと桐生の方をちらちら見やってしまっていた。

桐生は普段と全く変わらぬ様子で、僕の方など見る気配もなかった。段々と僕も落ち着きを取り戻し、やはりあれは自分の気のせいだったのだ、と己の杞憂《きゆう》を自嘲《じちょう》すらしていたのだったが、それが大きな間違いであったと気づくのには、その日の夜をまたなければならなかった。

夕方再び田中からメールが来た。もう自動車本部内じゃあ周知の事実だ、という驚くべき内容と共に、同期を集めたから飲みに行こうというのである。

幸いその日は接待もなかったし、多少仕事は残っていたが、これからのことを考えれば田中の誘いに乗るのもよかろうと、僕は即刻「ＯＫ」と返信し、午後七時には田中の指定した店へと向かった。

十人ほど集まってくれた自動車本部の同期たちから、本部の雰囲気や退職する若手の話を聞きながら結構僕は酒を飲まされ、そのまま二次会のカラオケへと連れて行かれてしまって、結局寮へと戻ったときには深夜二時を廻っていた。

「それじゃ、今日はありがとな」

田中の部屋の前で、彼に礼を言って別れたあと、足音を忍ばせるようにして廊下を進み、そっと自分の部屋のドアを開く。風呂に入ってから寝ようか、明日の朝にしようかと思いながら、パチリと部屋の灯りを点けた瞬間、僕はぎょっとして扉を背に立ち尽くした。

「ご機嫌だな」

ベッドに腰掛け、不機嫌そうに僕を見上げていたのは——桐生だった。

「なに……」

やってるんだよ、と僕が小声で言おうとするその声を制するように、彼はいきなりベッドから立ち上がると僕の方へと近づいてきて、僕の口を手で塞いだ。

そして扉のボタン錠をかちゃりと閉め、先程まで彼が座っていたベッドへと僕を引き摺《ず》っていくと、その上に乱暴に僕を投げ倒した。

「なっ」

思わず声を上げようとすると、またもや桐生は僕の口元へと手をやり、低い声で囁《ささや》いた。

「隣の部屋の奴が起きるだろう？　ここは壁が薄いんだ」

僕は自分の身に何が起ころうとしているのかがいまいちピンと来ず、ただただ無言で彼の顔を見上げていた。

彼は僕の口を掌《てのひら》で覆ったまま、シュルリ、と首からネクタイを解いた。続いてワイシャツのボタンを一つ一つ外し始める。ここでやろうとしているのか、と僕は今頃察し、冗談じゃないと彼の手を摑んだ。

さっき桐生が自分でも言った通り、この寮は壁が薄いのだ。幾《いく》ら深夜二時とはいえ、『その』音で隣が目覚めないとも限らない。その上、こんなところでいつものように彼に意のままにされたとしたら、汚れたシーツの洗濯までしなければならなくなってしまう。

こんなときなのに僕は思い切り冷静にそう考え、

「駄目だよ」

と彼に抑えられた口を必死で動かそうとした。

「抵抗するなよ」

桐生の目が変に光っている。初めて彼に犯されたあの日の恐怖が不意に僕の中に蘇《よみがえ》り、彼に振り払われるがままに僕は手を離してしまった。

桐生は満足そうに唇の片端だけを上げて微笑《ほほえ》むと、再び手早くボタンを外しはじめた。手首の所のボタンまで外すと彼は僕からシャツを剝《は》ぎ取り、床へと落とした。続いてTシャツも脱がせると床に落とし、スラックスも下着も完全に脱がせて——靴下までも脱がされた

——僕を全裸にすると、

「手、あげて」

僕の手を頭の上に上げさせ、両手首をネクタイで縛った。

いつもと同じ——いや、いつもは社内の応接室であるために、大抵は最小限しか衣服を脱がされることがなかったから、そういう意味では少し違うのであるが——その緊縛《きんばく》も、何故だか今日はたまらない恐怖を伴った。

僕は言葉を失ったまま、桐生がベッドの傍《かたわ》らへと降り立ち、手早く自分の着衣を脱ぎ捨てていく様子をじっと見つめていることしかできないでいた。

全裸になると桐生は無言で僕の上へと覆い被さってきた。たまらない違和感が芽生え、僕の身体は強張ったがその違和感が何から生まれるものなのかは、はじめ僕にはわからなかった。

桐生の唇が僕の首筋からゆっくりと胸の突起へと下りていったかと思うと、それを舌先で転がし、軽く歯を立ててきた。同時に彼の手が僕自身を摑み、痛いくらいに激しくそれを扱き始めた。

「……っ」

僕は思わず上がりそうになった声を唇を噛んで堪《こら》えた。桐生の唇と舌が、胸からだんだんと下りてきて、僕が見守る中腹を通過し、なんと彼が握る僕自身をすっぽりと口の中に含んでしまった。

思わず小さく悲鳴を上げると、桐生は僕を咥《くわ》えたまま、じろりと睨み上げてくる。目が合ったことで、何故か僕は酷く昂《たか》まりを感じてしまい、再び声を上げそうになるのを必死で自分の肩へと顔を押し付けて堪えた。

その様子を見て桐生は、よし、というように目だけで笑うと、唇で、舌で僕自身を攻め立ててきた。あまりに巧みな口淫に、僕は身体を仰《の》け反《ぞ》らせ、上がりそうになる声を堪え続けた。

「……あっけないな」

不意に桐生が僕を口から出すと、呆れた声で呟いた。僕はほっとしたような、物足りないようなそんな気分を持て余し、シーツに顔を埋《うず》めるように横を向いた。

桐生はそのまま僕の身体をうつ伏せにする。勃っていた僕の雄をシーツに擦りつけるようにして僕の腰を高く持ち上げると、既に勃ちきっていた彼自身をいきなり後ろへと挿入させてきた。

「……つぅっ」

痛い、と思わず小さく叫びそうになる口を、桐生の手が塞ぐ。ずぶずぶとその雄を埋め込んだあと、彼は激しく腰を使いながら再び前へと手を伸ばし、僕の雄を扱き始めた。

「……っ」

前後を攻められる快感に僕は、また我を忘れて叫び出しそうになる。桐生はそんな僕の口を片手で抑え続け声を封じ込めようとしていたが、やがて身体をぴたりと僕の背に密着させてくると、僕の顎《あご》へと手を移動させ、無理やり後ろを向かせようとした。

上がる息の下、僕は彼に促されるがままに肩越しに後ろを振り返る。と、桐生はそんな僕の方へと更に屈《かが》み込むと、その唇で僕の唇を塞いだ。

「……っ」

またも強烈な違和感が僕を襲ったが、快楽のうねりの前にはすぐにその姿を消した。桐生の舌が僕の舌を求め口内で暴れ回る。下半身に与えられる快感に突き動かされるように僕は彼の舌に己の舌を絡ませ、いつのまにか貪《むさぼ》るような激しい彼のくちづけに応《こた》えていた。

くちづけ――桐生と唇を合わせたことなど、今までなかったような気がする。

飛びそうになる意識の合間に、ふとその思いが過《よ》ぎった。途端に何故か僕は酷く興奮してきてしまい、更に激しく彼へと舌を絡めながら、気付けば積極的に自分から腰を動かしていた。

桐生もそんな僕の変化に気付いたのか、抜き差しのピッチを上げ、僕を扱く手のスピードも速める。

「……はぁっ……」

あわせている唇の間から、ついに声が漏れてしまった。唇の端を唾液《だえき》が伝い、自分の首筋へと流れていく。桐生がその声を封じるかのように僕の顎を後ろからしっかり捕らえ、尚も激しくくちづけながら、う、と押し殺した声を上げて僕の中で達した瞬間、僕も彼の手の中で達し、精液をシーツの上に撒《ま》き散らしていた。

互いに息が上がって苦しいはずなのに、桐生は僕から唇を離そうとはせず、達しても尚、僕の息さえ封じるかのように激しく唇を塞ぎ続けた。

僕の身体がベッドの上に崩れ落ちそうになるのを両手でしっかり己の方へと引き寄せ支えながら、僕が息苦しさからついには気を失ってしまうまで、桐生は僕の唇を貪り続けた。


僕が目覚めたとき、既に両手を縛っていたネクタイは解かれていた。ぼんやりした頭で周りを見回すと、既に服を着終わり、僕を見下ろしていた桐生と目が合った。

「気がついたか」

ぼそりと尋ねてくる彼に向かって、僕は小さく頷きながら、そろそろと何も身に着けていない身体を起こした。と、後ろからどろりと彼の残滓が流れ出し、その不快な感触に僕は僅《わず》かに眉を顰めた。

「何故嘘をついたんだ」

不機嫌そうな桐生の声に、僕は慌てて意識を彼へと戻す。見上げた彼の顔は、その声ほどに不機嫌そうには見えなかった。

桐生があのトイレでの一件を言っているのだろうということは僕にはそれこそ痛いほどにわかっていたので、

「ごめん」

素直に謝ったあと、恐る恐る彼の顔を見上げ言葉を続けた。

「まだ正式に内示が出たわけじゃないし、人には言わないほうがいいと思ったんだ」

「自動車本部じゃもう公然の秘密らしいぞ」

桐生の手が僕の顔へと伸びてくる。思わず身体を引こうとしたが、一瞬早く彼の手が僕の顎を捕らえた。これで彼から顔を逸らすことが出来なくなり、僕はまたも感じ始めた恐怖に思わず身を竦ませた。

「何故嘘をついたんだ」

桐生の瞳にはまたあの変な光があった。僕の身体が震えてきたのは全裸の肌に部屋の寒さが堪《こた》えたからなどではない。僕は再び、

「ごめん」

それだけ言うと、彼が次に何をしようとしているのかを探ろうとしてその目を見上げた。

「この先……俺に嘘だけはつくな」

桐生が押し殺した低い声でそう告げる。

この先——？

僕の目を見返しながら、ゆっくりと、まるで幼児にでも言い聞かせるような口調で告げられた彼の言葉に、思わず目を見開いた僕に
「今度からはここを使わせてもらおう」

桐生は更に僕を驚かせるような言葉を口にし、唇の端を上げるようにして微笑んでみせたのだった。

3

　発令まではあっという間だった。自動車貿易部からの情報で周囲の人間は皆、僕の異動を知っていたが、実際に部長から内示を受けたのは規定通りの発令三日前だった。

「君を出すのは当部でも痛手だが、先方が是非《ぜひ》にというのでね」

そんなことを言いながらも、部長は僕の後任は別に置かず、周囲に仕事を割り振るように課長と話はついていると、少しも僕が出ることに『痛手』なんて感じていない引継ぎを指示し、「頑張ってくれ」と僕の肩を叩いた。

　発令当日、人事に辞令を貰いに行ったあとに、部長に伴われて自動車貿易部へと挨拶《あいさつ》へ行った。田中が、よお、というように片手を上げてくれたのに目礼で応え、新しい部長の前で頭を下げる。

　部員を集められて紹介してもらいながら、なんだか僕は少しも部を移るという実感が湧いてこないことに戸惑っていた。が、今月末に辞めるという二年目の総合職を紹介され、新しい課長から、

「向こうでの引継ぎはどのくらいで終わる？」

などと聞かれるうちに、僕の気分はともかく、周囲の状況は確実に前へと進んでいるんだと改めて実感し、気を引き締めなければと今更のように覚悟を決めた。

規定では国内の引継ぎ期間は一週間である。僕のやっている仕事をメインに引き継ぐ相手は僕にその仕事を引き継いでくれた先輩なので、引継ぎ期間は規定通りで充分だと周囲も僕も思っていた。

それを伝えると新課長——野島《のじま》さんといった。まだ三十二歳、管理職になり立ての若い課長だ——は、それはよかった、と僕と、僕に仕事を引き継ぐ二年目の総合職の背中を叩き、

「三週間もあればこっちの引継ぎも大丈夫だろう。来週から宜しく頼むよ」

二人の顔を覗き込みながら爽やかに笑った。

一週間の引継ぎ期間はすぐに過ぎた。ただでさえ忙しく、残業も多い先輩にまた仕事を戻すのはさすがに気が引けたが、業務命令であるから仕方がない。

慌しく部での送別会などもして貰い、そのあとまた会社に戻って引き継ぎ、昼間は客先へ挨拶回り、と殆ど休む間もなく一週間は過ぎ、金曜日の深夜に自席を片付け、約三年間を過ごした建設部を僕はあとにしたのだった。

あれから——あの、寮の部屋で僕を抱いて以来、桐生は不気味なくらいに大人《おとな》しかった。丁度大きな案件の受注の可否がかかっていたからかもしれない。

僕は僕で引継ぎに追われていたが、彼も殆ど毎日深夜残業をして、僕より遅いくらいの時

間に寮へと帰って来るようだった。

「ようだった」と言うくらい、僕達は顔を合わせることがなかったが、それは僕にとっては有り難い以外の何ものでもなかった。

あんな壁の薄い寮の部屋で、再び抱かれるようなことがあっては、それこそ周囲に二人の関係が知れないか常にびくびくしながら過ごさなければならなくなってしまう。

『この先、俺に嘘はつくな』

この先、と桐生は僕に言った。が、『この先』僕と彼との間には「嘘」どころか、何も存在しなくなるのだと僕は思いたかった。

僕と桐生の間を繋《つな》いでいたのは一体なんだったんだろう、と眠りにつく前にちらと考えることはあったが、疲労による睡眠がすぐにそんな思考を遮った。

彼はまた『手近な』相手を探せばいいさ、と僕は思いながら、ふと桐生は次に誰を選ぶのだろう、と社内で周囲を見回す自分に気づいて僅かに狼狽《ろうばい》してしまった。

関係ないといいながら何故そんなことを気にするのか——僕はそれを単なる好奇心と片付け、出来るだけ彼のことを考えないようにしていた。

桐生に抱かれたベッドで寝るのは最初少し嫌悪感を伴ったが、そのうちに慣れてしまった。と言うより、毎日遅くまで残業しているためにそれを気にする間もなく眠りについてしまっていたのだった。

それでも時折、早朝ふと目が覚めてしまったときなどに、僕の身体にあの日受けた行為の感触が蘇り、ぞくりと背筋を悪寒《おかん》に似た感覚が走り抜けることがあった。

あの日強烈に感じた違和感の正体を、次第に僕は察していった。あの日まで、僕は彼と裸の肌を合わせたことがなかったのだ。

会議室ではいつも彼はスラックスすら脱がずに、僕の下半身だけ裸に剝いて僕を抱いた。時折「お遊び」で僕を全裸にすることはあったが、決して彼自身は服を脱ごうとしなかった。だからあの日、全裸の彼の姿を見て、その均整のとれた肢体にまず驚き、背中に感じた彼の胸の温かさにまた驚いたのだ。

彼が僕に口淫をしてきたのも驚きだった。それこそ生まれて初めて、僕は同性に咥えられた。彼はどちらかというと、僕に快楽を与えることよりも自分自身の快楽を追求する方だと思っていただけに、あの巧みすぎる口淫は僕には酷く不自然に感じられた。

加えてあのキス——。

身体は数え切れぬほどに合わせていたが、桐生と唇を合わせたのはあれが最初だった。僕の声を抑え込むためなのかもしれないが、あのキスにも僕は強烈な違和感を覚えた。

僕を抱くときの彼はどちらかというとゲーム性を追求しているように見えた。戯れに目隠しをさせたり、両手を縛ったりと、悪ふざけと異常性のすれすれのところを敢えて楽しんでいるように僕は感じていたが、あの日の行為はまるで通常の、何と言うか、正しい手順を踏んだ行為——同性同士で抱き合っていること自体が『正しい手順』などではないとは思うのだが——だったように思うのだ。

そして——。

この辺りで僕はいつも馬鹿馬鹿しくなり、途中で考えるのをやめていた。桐生がどういうつもりであの日僕を抱いたにしても、既にそれは過去の話で、それこそ『この先』の僕には無関係じゃないかとしか思えなかったからである。

そうして僕の周りには平穏な日常が戻ってきた。

勿論、経験のない貿易実務に慣れるのにも随分苦労したし、異動先の人間関係を同期の田中に教わりながら、そこへと馴染《なじ》んでいくのにも神経を遣った。

あっと言う間に僕に仕事を引き継いだ二年目の総合職の退職の日を迎え、この三週間でどれほどの業務を自分のものに出来たのだろうと不安に思いつつも彼を見送り、いよいよ一人立ちだと気持ちを新たにした頃には、それこそ桐生のことを思い出さない日の方が多いくらいになっていた。

フロアも変わってしまった今、彼と社内で顔を合わせることは殆どなかった。桐生は相変わらず忙しいようで、僕も深夜帰宅をしていたのだったが、寮でも滅多に彼の姿を見ることはなかった。時折、彼が『社長表彰』を取るような案件の『仕込み』に尽力しているという噂《うわさ》を聞いたが、それを僕は自分とは無関係の話として受け止めることができるようにすらなっていた。

それから二週間が過ぎ、新しい業務にもすっかり慣れた頃に、僕はいきなり周囲で流行《はや》りまくっていた風邪の餌食《えじき》となってしまった。

朝起きたときにあまりにも身体がだるかったので、管理人の三上《みかみ》主務に体温計を借りて計ってみたら三十八度もあった。それを見た途端に具合も悪くなったような錯覚——錯覚ではなく実際相当具合が悪かったのだが——に陥り、僕はふらふらしながら田中の部屋のドアを叩き、支度をしていた彼に、今日は休むことと、一件だけ朝いちで対応しなければならなかった海外客先からのメールの回答を頼んだ。

「さんじゅうはちど？？」

僕の手から取り上げた体温計を見た田中は素《す》っ頓狂《とんきょう》な声を上げ驚いてみせたが、すぐに、

「なんでもやっておくから、大人しく寝てろよ」

そんな思いやりのある言葉を僕にかけてくれた。

体温計を返しに行きがてら、三上主務に風邪薬を貰った。彼はしきりに「医者に行ったほうがいい」と勧めてくれたが、どうにもだるくて車で五分の病院に行く気にはなれなかった。

とりあえず寝よう、と僕は薬を飲むとそのままベッドへと潜り込んだ。寒いような気がするのは、熱が上がってきたからかもしれない。

それでも普段の睡眠不足から眠り込んでしまっていた僕は、不意に身体の上から布団を退《ど》けられて、はっと目覚めた。

明るい室内、布団を剝ぎ取り、僕を見下ろしていたのは——桐生だった。

「桐生……」

僕は最初、自分が夢を見ているのかと思った。ちらと枕元の時計を見やると十時半——桐生がこんなところにいるわけがない、と思ったのだ。

「風邪だって？　三上さんに聞いたよ」

夢——などではない、これが現実であるということを嫌になるくらいに思い知らされる彼のいつもの皮肉な声が頭の上から降ってくる。

「……どうして……」

僕はそう問いかけながら、彼の手が僕の寝巻き代わりにしていたTシャツへと掛かり、それを無理やり引き上げようとするのを啞然として見つめていた。

桐生は僕の身体からTシャツとトランクスを剝ぎ取ると、抵抗することも忘れていた僕の両方の脚を摑んで大きく広げさせ、自分もベッドの上へと乗ってきて僕の脚の間へと腰を下ろした。

「『どうして』？」

そして唇の端を上げるだけのいつもの笑いを浮かべながら、ひとさし指を強引に僕の後ろへと捻じ込んでくる。

「……っ」

熱のために感覚が鈍っているのか、苦痛はそれほどなかったが、それでも幾許《いくばく》かの違和感を覚え、僕は僅かに眉を顰めた。

「熱いな……」

桐生は驚いたように軽く目を見開いたが、やがてゆっくりとその指を中まで挿入させてきた。

彼の指先の感触は確かにあったが、それはまるで他人の身体に為《な》されているかのように感じられた。熱が高いときにはセックスなんて出来ないのだ、と実体験でも知っていたし、本で読んだこともある言葉が頭に浮かび、このまま彼が諦《あきら》めるのをじっと待つしかないか、と思いかけたそのとき、いきなり自身の雄がびくりと反応したことに僕は驚き、思わず桐生の顔を見やった。

「前立腺だ……ほんと、勃つんだな」

言いながら彼が、僕の後ろでその指をくいっと同じように動かす。

「う…」

嘘だろう、と言いそうになる言葉を抑えるように僕は自分の手で口を塞いだ。

「声、いくらあげても大丈夫だぜ？　こんな時間だ。寮は今、無人だからな」

桐生は尚も僕の前立腺を指で圧しながら、そう言って笑い、僕の後ろに入れた指を二本に増やした。

生理現象というのはなんて不思議なものなのだ、と僕は呆れてしまいながら勃ちきった己自身を見ていた。桐生はそんな僕を見て再びにやりと笑うと、僕の後ろから指を引き抜き、僕の身体をうつ伏せにして腰を高く上げさせた。

桐生が自分のベルトを外すかちゃかちゃという音を、僕は枕に顔を当てたまま——彼は僕を四つん這《ば》いにさせようとしたのだが、両手をついて身体を支えることがあまりにだるくてできなかったのだ——ぼんやりと聞いていた。

僕の雄がまるで僕の意志を無視してどくどくと脈打っている。後ろを広げられたかと思うと、桐生が猛る雄をいきなり挿入させてきた。僕の雄がまた一段と脈打ちはじめたのがわかる。桐生は自分自身をすべて僕の中に埋め込むと、前へと手を回し僕の根元をしっかりと握り締めた。

「熱が高いからな。お前は一回しかいけないだろ？」

僕の背中へと身体を密着させ耳元でそう囁いた次の瞬間、桐生は激しく抜き差しを始めた。

「……っ」

根元を握られているがゆえに、達することが出来ないもどかしさが、また僕の中に新たな快感を生む。

そう――殆ど身体を動かす気力さえ残っていないにもかかわらず、僕の雄だけは桐生の突き上げに激しく反応していた。

背筋を這い登る感覚は、『快楽』以外の何ものでもなかった。思わず嚙み締めた僕の唇の間から小さく声が漏れ始める。

「声は上げていいんだよ」

言いながら桐生は動くピッチを上げた。

「……ぁっ」

その言葉に誘われたわけでは決してない。が、射精したくてもできず、込み上げる欲情が出口を求めてのたうつままに、僕の口からは自分のものではないような大きな声が漏れていた。

その声に反応したかのように、桐生の動きが止まる。それが、僕の中で達したからだということは、熱で鈍感になっている僕には、はじめわからなかった。

が、桐生が大きく息を吐きながら、僕の背中へと身体を落としてきたことでそれを察し、漸くこれで解放されるのだ、と安堵の息を吐いたが、そんな僕の意識とは無関係に彼の手の中で僕自身はまだどくどくと脈打ち続けていた。

「……熱いな」

桐生がくすりと笑いながら僕の背から身体を起こしたとき、僕は行為の終わりを確信していた。が、彼がその雄を抜かぬまま、僕の身体を仰向けにしてきたことに戸惑いを覚え、彼の意図を探ろうとその顔を見上げた。

桐生はともすれば萎えそうになる僕自身の先端を弄りながら、接合している部分を身体を密着させることで圧してきた。くちゅ、と濡れた音がして、僕の雄はその音にまたびくりと震えた。彼がまた身体を動かす。

くちゅ、という音とともに、僕の中にある彼の雄もまた次第に質感を取り戻していくのがわかった。桐生は僕の両腿を摑むと、再びゆっくりと腰を動かしはじめた。繋がっている部分から、絶え間なく濡れたような淫猥な音が響いてくる。彼がさっき僕の中で達したときの精液が、彼が抜き差しをするたびに僕のそこから溢《あふ》れてこんな卑猥《ひわい》な音を立てるのだろう。

桐生のピッチがまた速まった。僕は思わずシーツを摑みながら、彼が突き上げてくるたびに感じる痺《しび》れるような快感を我知らずとらえようと必死になっていた。

僕の雄はすっかり屹立しきって、今にも爆発しそうになっている。と、桐生が僕の両腿を摑んだ手に力をこめ、僕の腰を不自然なくらいに持ち上げてきた。

接合が深まり、奥まで突き立てられるその快感に、僕は抑えられずにまた声を上げはじめた。桐生は益々僕の腰を持ち上げると、尚も激しく動き続ける。

「あっ……はぁっ……ああっ……」

大きな声が聞こえると思ったが、それが自分の声とはわからなかった。解剖されるカエルのような無様《ぶざま》な格好をとらされたまま、ついに耐えきれず僕は達してしまった。

飛び散った精液は、不自然に腰を持ち上げられていたために、自分の胸から首、そして頬までも汚していた。殆ど同じときに桐生も僕の後ろで達し、低く唸《うな》るような声を上げると、僕の上へと倒れ込んできた。

そのまま僕の唇を塞ぎかけた彼の唇が、数センチ上で止まる。僕は荒い息の下、熱のために涙ぐんだようになっているであろう目を開け、彼の顔を見上げた。

「風邪……うつされたくないからな」

桐生は薄く笑うと、今更何を言っているんだ、と唖然としている僕の上から勢いよく身体を起こした。

「それじゃ、お大事に」

そうして自分だけ服装を整え——といっても、彼はずっと着衣のままだったので、スラックスのファスナーを上げ、ベルトを締めるくらいだったが——僕の身体に布団をかけることすらせずに、部屋を出ていってしまった。

あまりに早い彼の引き際に、僕は呆然《ぼうぜん》としたまま彼の出て行ったドアを見つめてしまっていた。

夢——？

少しもそんなことは思っていないくせに、僕は無理やり自分を納得させようと、口の中で小さく呟いてみた。が、そんな僕を嘲笑《あざわら》うかのように、後ろから彼の残滓がどろりと流れ出し、太腿を伝わる嫌な感触に僕は顔を歪めた。

僕は暫くそのまま——彼に放り出された形のまま、布団をかけることすら出来ずに寝転んでいた。

顔に飛んだ精液を拭おうとしたが、だるくて腕が上がらなかった。次第に寒さのあまり全身に鳥肌が立ってきたので、気力を振り絞って身体の下から掛け布団を引っ張り出して包《くる》まった。

込み上げてくる吐き気と、くらくらと常に目眩《めまい》がしているような感じに僕はきつく目を閉じ、布団の中で身体を抱き締めるようにしてじっとそれらに耐えていた。

また熱が上がってきたのか、身体の節々が酷く痛い。このままではヤバいんじゃないかと思いながらも、僕は少しも動くことが出来ずにいた。時間の感覚が全くない。うつらうつらと時折、眠ったような気もするが、身体の痛みがすぐに僕の意識を醒《さ》まし、発熱の苦しさを思い出させた。

喉《のど》が酷く渇いていたが、とても起きあがって水を飲みに行く気力はなかった。そのためにはまずなにか身につけなければならない。僕は乾いてひび割れてきた唇を何度も舐《な》めながら、自分でも驚くほどに速く乱れる自分の息遣いの音を、被った布団の中、朦朧《もうろう》とした意識で聞いていた。

どのくらい時間が経ったのだろう——不意に部屋の中が明るくなった気配に、僕は布団から僅かに目だけを出して、灯りに照らされた部屋の天井を見上げた。

「おい、大丈夫か？」

聞き覚えのある声が入り口の方でしたが、頭を巡らせてその方を見ることすら出来なかった。

「医者行ったのか？」

問いかけながら歩み寄って来て、僕の顔を覗き込んだのは田中だった。僕は無言で首を横に振ろうとしたが、僅かに首を傾げるだけのようになってしまった。

「おいおい、大丈夫じゃないみたいだな」

そんな僕の様子に驚いたように田中は大きな声を上げると、僕の額へと掌をあてた。

「熱《あつ》っ」

その途端彼は本当に驚いた顔をして、

「大変だ！　医者行こうぜ？」

僕の身体を起こそうと布団を剝ぎ、呆れたような声を出した。

「なんだよ、裸でなんて寝てるから熱が上がるんだぜ？」

田中の言葉に僕は初めてまだ全裸のままだったことを思い出した。ぎくりとしたあまり何か言い訳をしようとしたが、頭がくらくらしてしまい言葉を発するどころか何も考えることすらできなくなった。

田中は僕の身体を起こしてベッドの上に座らせると、辺りを見まわして床に落ちていたシャツとトランクスを見つけ、

「素っ裸で寝る奴なんてはじめて見たぜ」

一人ぶつぶついいながら、「ほら」と僕にそれを手渡してくれた。

僕はそれを受け取りはしたものの、ずっと項垂《うなだ》れたままで、Tシャツに手を通すことも出来ないでいた。

「仕方がないなあ」

田中は溜め息をつきながら再び僕の手からシャツを取り上げると、母親が幼い子供にするようにシャツを広げて僕の首へと通し、片手ずつ持ち上げて袖《そで》を通してくれた。

続いて田中は僕を寝かせると、布団を捲って僕の下半身を灯りの下に晒《さら》し、あーあ、と溜め息をついたあと、今度はトランクスを穿かせてくれようとした。

「まったく……何で俺がお前の介護をしなきゃならないんだよ」

朦朧とした意識で彼の声を聞きながら、僕は大の男に下着を身につけさせるなど、さぞ嫌だろうと申し訳なく思いつつ、田中がトランクスを引き上げてくれるのにあわせて出来るだけ腰を持ち上げようと試みた。

が、なかなか思うように身体は動かない。田中はやれやれ、というような顔をし、脱力した僕の身体を腰に手を回して持ち上げてくれようとして――いきなりその動きを止めた。

「……おい？」

僕の腰を持ち上げたまま、田中は戸惑ったような視線を僕へと向けてきた。僕は彼が何を言いたいのかわからず、無言でその顔を見上げ続けた。

田中は素早くトランクスを上げきると、その手を僕の太腿へと下ろしてきた。おそるおそるといった所作で僕の太腿の内側を擦る彼を、僕はぼんやりと見上げ――やがて、あ、と小さく叫びそうになった。田中が僕の内腿に残る、乾いて固まった精液を擦り取るように掌を動かしてきたからだ。

気づかれた――？

僕は思わず身体を捩って田中の手から逃れようとし――少しも動くことが出来ずに低くうめいた。田中はそんな僕の小さな声に気づいたようにその手を退けると、

「お前……」

驚きを隠すことも忘れて、僕の顔を見下ろした。が、すぐに我に返ったように、

「まずは医者だ」

田中はそう言うと、ちょっと待ってろ、と僕に再び布団をかけてくれ、そのまま部屋を飛び出していった。

僕はもう何も考えることが出来ずに、部屋の天井を見上げていたが、やがて酷い目眩を覚え目を開けていることも出来なくなってしまった。

田中はすぐに息を切らせて戻ってきた。持って来たスウェットを僕に苦労しながら着せてくれ、背に腕を回して僕を立たせようとした。

「車を廻しておいた。立てるか？」

顔を覗き込まれた僕は、彼に摑まりながらなんとかその場に立ち上がった。だが少しも足は前に出ない。その様子を見た田中は、

「わかった」

と頷き、僕をまたベッドへと座らせると、背中を向けて「おぶされ」と僕の手を自分の肩へと回させた。なんとか彼の背中へと身体を移動させると、彼はよいしょ、と立ち上がり、

「少し辛抱してろよ」

僅かに首を回して頷いてみせると、僕を部屋から運び出してくれたのだった。

田中の車で連れていかれた病院の救急窓口で少し待たされたあと、若い医者に注射を打たれ、処置室で点滴をしてもらうことになった。

二十分ほどで終わりますからね、と看護師が言い置いていなくなってしまうと、入れ替わりに田中が僕の枕元に立ち、心配そうに顔を覗き込んできた。

「大丈夫か？」

「……ごめん……」

注射が効いてきたのか、先程よりは随分しっかりしてきた意識で、僕は田中に謝った。

「気にするな」

田中は笑って布団の上から僕の、点滴していないほうの腕を叩くと、

「眠れよ。これが終わった頃にまた来る」

点滴を目で示しながらそう言い、僕の傍《そば》を離れようとした。

「有難う」

そんな彼の背中に僕は心からの感謝の気持ちを込めて礼を言った。田中が足を止め、僕の方を振り返る。

目に逡巡《しゅんじゅん》の色を滲《にじ》ませながら、彼は僕の方をじっと見詰めていたが、僕がなに？　と少

し目を見開くと、ぼそり、と尋ねてきた。

「……誰に犯《や》られたんだ？」

僕は最初、言葉の意味がわからず、ぼんやりと彼を見返していたが、不意にトランクスを穿かせたときの彼の驚いた表情が脳裏に蘇り、思わず息を呑んだ。

やはり——気づいていたのか。

暫しの沈黙が僕と田中との間に流れる。痛いほどの沈黙を先に破ったのは田中だった。

「とにかく眠れ」

田中は、無理をしていることがありありとわかるような笑みを浮かべると、あとでな、と片手を上げ、そのまま踵を返して処置室を出て行った。彼の姿が見えなくなった途端、僕は大きく溜め息をついた。

どうしよう——。

考えようとしても少しも頭が回らない。僕はまた一つ大きく溜め息をつくと、ポタリポタリと落ちてくる点滴の滴《しずく》をやりきれない思いで見つめ続けた。

4

結局僕はそれから三日も会社を休んでしまった。田中は救急病院から僕を連れ帰ると、何も言わずに自分の部屋のベッドに僕を寝かせ、自分は出張者用の空《あ》き部屋で寝起きしていた。田中は三上主務にも僕のことをよくよく頼んでくれたようで、三上主務が昼間お粥《かゆ》を持って来てくれたり、様子を見に来てくれたりするのには、驚くやら恐縮するやらで、僕は布団の中で冷や汗をかいた。

田中は何も言わなかっただけではなかった。彼は何も僕に聞かなかった。毎朝出社する前と、毎晩帰って来たあとに僕の様子を覗きに来たが、病院で僕に「あのこと」を——僕を抱いた男が誰かということを——尋ねて以来、同じ話題を口に出すことはなかった。

田中の目の中にそれを問いかけたいという色を見なかったといえば嘘になる。が、彼はいつも少し逡巡したあとすぐに笑顔になって、

「具合はどうだ？」

入り口のところから僕に問いかけてくるのだった。

漸く熱も下がった四日目の朝、田中と一緒に出社した僕に、周囲は「大丈夫か？」と温か

い声をかけてくれた。

仕事も思ったほどは溜《た》まっていなかったことにほっとしながら、パソコンで社内ニュースをチェックする。と、僕がもといた部の案件が社長表彰されているのが一昨日の掲示板に載っていた。

確か桐生が関わっていた件だ。そうか、ついにとったか、と僕は感慨深くそのニュースを眺めた。

「なんだ長瀬《ながせ》、大丈夫か？」

不意に後ろから声をかけられ、僕は驚いてその方を振り返り、客先直行から戻ってきたらしい野島課長を見上げた。

「三日も休んでしまって申し訳ありません」

慌てて詫《わ》びると、

「もう『学級閉鎖』状態だよ。今年のインフルエンザは凄いね」

野島課長は、僕以外に二人も休みだったことを教えてくれながら「もういいの？」と僕の顔を覗き込んできた。

「はい」

再び頭を下げる僕の肩越しに野島課長は僕のパソコンの画面を見やると、

「そうそう、建設部が社長表彰とったんだよねえ」

そう言い僕の肩を叩いた。

「そのようですね」

僕もパソコンの画面を振り返り、相槌を打つ。

「三十万の報奨金も大きいけど、まあ名誉だよね」

ウチも何かネタを仕込みたいねえ、と課長は笑って、さあ、仕事仕事、と自分の席へと戻って行った。

病み上がりとはいえ仕事は待ってはくれない。まるで僕が出社するのを見越していたかのようにその日は色々トラブルが勃発し、漸くひと段落ついたのは夜十時を廻った頃だった。

「大丈夫かあ？」

やはりちょうど仕事にケリがついたらしい野島課長が、そんな僕に声をかけてくれる。

「はい」

幸い身体はそれほどキツくはなかった。そろそろ帰るか、と机を簡単に片付けていると、野島課長が、

「快気祝に軽く行くか？」

メシも食ってないだろ？　と僕を誘ってきた。

明日のことを考え、どうしようかな、と思ったが、確かに夕飯は食べていなかったし、考えてみたら野島課長に直で誘われたのも初めてだ、と僕は気付き、彼の誘いを受けることに

した。

「有難うございます」

「長瀬、帰ろうぜ」

と、ちょうどそのとき、田中が僕の席へとやってきた。

「お前も行くか？」

野島課長は田中も誘い、まだ仕事を残している他の課員には、あとで場所を連絡すると言い置いて、僕達は三人で会社を後にした。

オフィスの近くにあるビルの地下に入っている『赤坂飯店』は、担々麺《たんたんめん》が美味《おい》しいと昼時には長い行列が出来る店なのだが、その分店の通称『ヤスアカ』――「安い赤飯」、若《も》しくは「キタアカ（汚い赤飯）」――は、飯も食えるし、ちょっと一杯ひっかけて帰るにはいい店だった。

建設部の頃にはそれほど来たことはなかったのだが、異動してからは週に一回、多いときには二、三回、僕は課の人に連れられてこの店を訪れるようになっていた。今日野島課長が選んだのもヤスアカで、僕達はビールで乾杯したあと、つまみになりそうなものを数品頼んでそこに腰を落ちつけた。

野島課長は僕が救急病院の世話になったことを既に知っていたが、病院に僕を連れていってくれたのが田中ということまでは知らなかったらしい。

「意外に面倒見がいいんだなあ」

好感度アップだよ、と田中の背を叩いたりしながら、猛威を奮う今年の風邪の話をしていたが、やがてふと思い出したように、いきなり僕に話を振ってきた。

「そういえば長瀬は桐生の同期だったよなあ」

「はい？」

頷きながら、何故ここで彼の名が出たのだろうと僕は少しばかりドキリとした。

「いやさ、朝お前が見ていた建設部の社長表彰、あの大型ショッピングモールの受注は桐生が仕込んだ件なんだろ？」

野島課長は空きっ腹に飲んだビールが効いたのか、目の縁を僅かに紅《あか》くしながら僕の顔を覗き込む。

「ああ、そうらしいですね」

僕が頷くと、横から田中が会話に参加してきた。

「そういや野島さんは桐生の大学の先輩なんですよね」

「そうなんですか？」

全く知らなかったその事実に僕が思わず大声を上げると、

「そうそう、ヤツは東大体育会ゴルフ部の後輩なのさ」

野島課長は僕にビールを注《つ》いでくれながら笑って答えてくれた。

「ゴルフ部の……」

頭の中でざっと野島課長と桐生の年齢差を計算する。と、野島課長はそれを見抜いたように、

「重なったことはなかったが、俺達ＯＢの間でもヤツは話題の人だったからな」

今度は手酌で自分のコップへとビールを注ぎ、すみません、と恐縮する僕に、いいよいいよ、と右手を振った。

「『話題の人』？」

またもや田中が横から野島課長に問いかける。野島課長は、

「そうそう」

ちょっと嫌そうな、それでいて、にやついているような複雑な表情を浮かべながら、学生時代の桐生の話をし始めた。

「ヤツはやたらとゴルフが上手《うま》くてね、加えてあの外見だろ？　今もそうだろうが、あの当時もかなり女子大生に人気があった。フェリスとか聖心とか、ランクの高いのは必ずヤツに持っていかれるっていうのが定説だったらしい」

「て、定説？」

僕がおうむがえしにすると、野島課長は、そうなんだ、と大きく頷き、

「『来るものは拒まず』というか『据え膳食わぬは男の恥』というか、それこそモーション

かけてくる女という女は食いまくり、その上誰一人として長続きはしなかったらしいんだよ」

ひと月もてばいいほうだと専《もっぱ》らの噂だったんだぜ、と顔を顰めて見せた。

「へえ……」

感心するのも変だが、そういえば入社してからの彼の振る舞いも確かにそんな感じだったな、と僕は思い出し、課長の言葉に思わず納得してしまった。

「部員の彼女に手を出したり、マネージャーになる女なる女、全てに手を出してポイするもんだからマネージャーがいつかなかったりと、ヤツが起こした問題も多かったらしい。マネージャーの女の子の一人を堕胎させたさせないで揉《も》めたこともあったって聞いたなあ。それでも、彼のゴルフの腕を失うのは惜しいと、部からの放逐は免れていたそうだ。その女癖の悪さが祟って本来なら主将になってもおかしくないのに何の役にもつかずに終わってしまったんだが、そんな彼が社長表彰とはねえ」

野島課長はしみじみとそう言い、大きく溜め息をついた。

「そうですねえ」

桐生の節操のない下半身と優秀すぎるほど優秀な頭脳は別物なんだろう。プライベートの女性関係がどんなに乱れていようが、仕事上には少しもその気配を見せなかったなと思いながら僕がそう頷くと、不意に田中が驚くようなことを言い出した。

「桐生が食ったのは女ばっかりですか？」

「え？」

僕と野島課長は殆ど同時に戸惑いの声を上げ、田中の顔を見た。

「いや、男は相手にしなかったのかと思って」

「そりゃないだろう」

あはは、と豪快に笑い飛ばす野島課長の横で、僕は自分の頬が引きつるのを感じながら、こっそりと田中の顔を見やった。田中も僕の顔を見返す気配がしたが、

「なんだよ、ラグビー部では『先輩っ』『田中っ』みたいなオトコとオトコのぶつかり合いが日常チャメシだったのか？」

野島課長に突っ込まれ、田中は笑って課長へと視線を移した。

「違いますよ」

ちょうどそのとき残業していた課員たちが、

「遅くなりました」

とジョインしてきたために話題は変わり、十一時半に店が閉まるまで僕達はそこで課の将来について野島課長が熱く語るのに付き合い、それぞれの帰途についたのだった。

寮への道を田中と肩を並べて歩きながら、病み上がりなのに少し飲み過ぎてしまったな、と僕は小さく溜め息をついた。

「大丈夫か？」

田中が気配を察して心配そうに僕の顔を覗き込んでくる。

「ああ、ごめん」

僕は慌てて、大丈夫大丈夫、と彼を安心させようと無理やりに笑ってみせた。

「これで明日休んだらシャレにならないからな」

わざとふざけた調子で言ってやると、

「そりゃそうだ」

田中も笑って、暫くそのまま二人無言で歩いていたのだが、あともう少しで寮に着くというときになると、不意に彼の足が止まった。

なんだ？　と僕は不審に思いつつも彼に合わせて歩くのをやめた。

「桐生だろ？」

田中が下を向いたまま、ぽつん、と呟く。

「え？」

僕は最初彼が何を言い出したのかがわからず、問い返そうとし——次の瞬間には、田中が何を尋ねてきたかということを理解し言葉を失ってしまった。

「お前を犯ったの……桐生なんだろ？」

田中は黙っている僕に向かって確認をとるようにそう言い、じっと僕の顔を見据えてきた。

「……違うよ」

思わず僕は首を横に振っていた。

田中を信用していないわけではなかった。ここで肯定してしまえば、僕が男に犯されたということまで肯定してしまうことになる。それを僕は厭《いと》うたのだった。

といっても、救急病院に僕を運んでくれたときに、彼は僕が誰かに「犯られた」ということに気づいているのだから、何を今更、と言われるかもしれないが、僕がその事実を肯定するまでは、彼の気づいたことは彼にとっては単なる『憶測』でしかない。

僕は会社の人間には——否、たとえ誰であっても、男に犯されたなどということを知られたくはなかった。同性であるのに力に屈して身体を開いたことは勿論、次第にそれに慣れつつあることなど、死んでも人には知られたくなかったのだ。

田中は俯く僕の方をじっと見つめていたようだったが、やがて、

「病院から戻ってきた日にな」

ぽつり、と呟くように喋り始めた。

「……お前の部屋で、ベッドからシーツを剝いでいるとき——洗濯してやろうと思ったんだ

が——桐生が部屋に来たんだよ」

「え……？」

意外な彼の話に、僕は思わず顔を上げ田中を見てしまった。田中は僕に向かって小さく頷いてみせると、

「ノックもなしにいきなりドアを開けた奴は、俺を見て酷く驚いた顔をしたが、俺が『なんだよ？』と尋ねると、お前が熱出したと聞いたから来てみたとか言いながら、そのままそそくさと部屋を出ていってしまったんだ」

まあ、『そそくさ』っていうのは後から俺が思ったことだけどな、と田中は言い足したあと、再び僕の目を真っ直ぐに覗き込んだ。

「桐生なんだろ？」

「…………」

僕はどうしても頷くことができなかった。

「無理やりなんだろ？　桐生が怖くて言えないのか？」

田中は少し焦《じ》れたように僕の両肩を摑んで揺さぶってきた。

「離してくれよ」

僕は彼から顔を背けたまま、小さな声で頼んだ。

「すまない」

田中ははっとしたように僕の身体から手を離し頭を下げた。またも沈黙が二人の間に重苦しく横たわる。

じっと立っているだけでも充分寒いはずなのに、僕はその寒さを忘れていた。それは酔いのためだったかもしれないし、少し熱がまた上がってきたからだったかもしれない。

田中はずっと下を向いていて歩き出す気配がなかった。僕はそんな彼を残して一人寮に戻ろうとした。彼からの追及を拒み続ける自信がなかったからである。

踵を返しかけた僕の背中に、田中の声が響いた。

「俺さ、中高男子校だったんだけどさ」

いきなり何の話をはじめるのだろう、と僕は足を止め、彼を振り返った。田中はじっと俯いたまま、ぽつぽつと語っていった。

「高校一年のときに、ラグビー部の友達が三年生の先輩に無理やり犯られたらしくてさ、その先輩が副将だったってことと、そうじゃなくても厳しい人だったもんで、犯られたそいつも、それを知っていた俺達も何も言えないでいたんだ」

ぽつり、ぽつり、と田中が言葉を繋いでいく。やるせなさを湛《たた》えた彼の表情を見ながら僕は相槌を打つこともできず、田中の話を聞いていた。

「……俺達が何も言えないでいるのをいいことに、その先輩はそいつに何度も関係を迫ったらしい。練習のときもやたらと先輩はそいつの身体を撫で回していたのに、俺達はそれを見て見ぬふりをしてたばかりか、極力かかわり合いになるのを避けてた。そいつもさすがに俺達に相談は出来なかったみたいで一人じっと我慢してたんだが、とうとう耐えられなくなって部もやめ、ついには学校もやめてしまった。退学したという話を聞いて、驚いて彼の家を訪ねたんだが、彼は俺達に会ってはくれなかった」

田中はそう言うと、一人自嘲するように笑ったあと、また悲愴な顔になり、言葉を続けた。

「……当然だよな。俺達は気づいていたのに、誰一人として救いの手を差し伸べてやろうとしなかったんだから……。それから間もなく、先輩はさっさと推薦で大学進学を決めて、涼しい顔をして卒業していってしまった。俺は……」

田中はそこで不意に声を詰まらせた。僕は彼が泣いているのではないかと思い、そんな彼から顔を背けた。誰だって泣いている顔を見られたくなどないだろうと思ったからだ。

田中は少しの間そうして黙り込んでいたが、やがて拳《こぶし》を握り締めると、押し殺したような声を漏らした。

「俺は……許せなかったんだ」

地を這うような低い声に、僕は思わず彼へと視線を戻し、握り締められた彼の拳を見つめた。

「……俺は許せなかった。その先輩が、というよりも、結局何もしてやれなかった自分自身が、本当に許せなかったんだ」

田中はやはり押し殺したような声で言いながら、顔を上げて僕を見た。僕はどうしたらいいかわからずに、そんな彼を無言のまま見返した。

「……お前とは関係ない話なのに、一人で熱くなってすまん。だがどうしても俺は許せないんだ。お前が一人で苦しんでいるとしたら……誰にも言えないことで悩んでいるとしたら……」

田中は再び僕の前まで歩み寄ってくると、僕の肩へとまた手をかけ、僕の顔を見つめながら、真摯《しんし》な口調でこう告げた。

「俺が守ってやりたいんだ」

僕はそんな彼の真剣な眼差《まなざ》しを、どうしようと思いながら見返していた。

確かに——桐生に犯されたあと、ずるずると関係を続けさせられているというのは事実である。が、とうの昔に思春期を越えた僕は、田中の同級生のようにそのことで学校を——今なら『会社を』か——辞めるほどには悩んでいないということもまた事実だった。

勿論桐生に抱かれること自体は嫌に決まっているが、既に身体が慣れつつあるということも決して否めないのだ。

それに僕も既に二十五歳、同性として、同い年の田中に『守って』貰うというのも情けなさすぎる気がする。が、そんなことを言っては彼の善意溢れる申し出に対してあまりにも申し訳ないと思ってしまい、僕は一体どうしたらいいのかと、思わず黙り込んでしまったのだった。

田中はそんな僕の沈黙をどうとったのか、再び、

「すまない」

呟くようにそう言って僕から目を逸らすと、「帰ろうぜ」と先に立って歩き始めた。僕は彼が何に対して謝ったのかがわからぬままに、田中のあとに続き、寮へと戻ったのだった。


僕は相変わらず田中の部屋で寝起きしていた。田中の部屋は桐生との行為の名残《なごり》が残る僕の部屋とは比べものにならないくらいに清潔で居心地もよかったので、彼が部屋を替わるのは土日でいい、と言ってくれた言葉に甘えていたのである。

救急病院から戻ってきたときには、桐生の、そして自分の精液の匂いが漂っているような気がして、自分の部屋に戻るのはなんとなく嫌だったが、今となっては別にそれほど気にはならなくなっていた。

暫く桐生と顔を合わせずに済んでいることがその理由なのかもしれないが、段々とその手の嫌悪感に対して感覚が鈍くなっているからかもしれない、と僕はベッドに寝転がりながら田中の真摯な眼差しを思い出し、一人溜め息をついた。

そして、また僕は、今日聞いたばかりの学生時代の桐生の話をも思い出していた。新人の頃から、そういえば彼は『来るものは拒まず、去るものは追わず』の言葉通り、合コンでも必ず『お持ち帰り』をしていた。

体育会ゴルフ部のOBの間でもその無節操さが評判になったという彼の学生時代は、どんな感じだったのだろう、とごろりと寝返りを打ったそのとき、かちゃり、と部屋の戸が開く小さな音がした。

電気を消していたので外の灯りが逆光になり、咄嗟《とっさ》には誰が部屋に入ってきたのかわからなかった。が、その影が素早く室内へと滑り込んで来て後ろ手でボタン錠を押す音を立てる頃には、それが誰であるか、既にわかりすぎるほどに理解していた。

ぱちりと部屋の電気が灯《とも》され、僕は眩しさに顔を顰めながら入り口の方を見やった。鍵をかけ忘れたことを心から悔やみつつ、灯りに手を翳《かざ》して見た視線の先には、

「久し振り」

ドアを背にした桐生が、僕に向かってにやりと笑って立っていた。

彼が近づいてくるより前に僕はベッドから飛び降り、その手を避けるようにして部屋を出ようとした。

が、勿論そんな動きは軽々と桐生によって封じられ、僕は力ずくでベッドの方まで引き摺られていった。再びシーツの上へと放り投げられたあと寝巻き代わりのTシャツを脱がされ

そうになり、僕は抑えた声で、

「田中のベッドだぞ？」

と言いながら、必死で彼の手を逃れようと手足をばたつかせた。

「それがどうした」

桐生は僕からシャツを剝ぎ取ると、続けてトランクスまで下ろそうとする。

「止《や》めろよ、気づかれたらどうする？」

気づかれなかったら何をやってもいいのかと言われれば決してそうではないのだが、僕は隣の部屋に気を遣いながらそう低く叫ぶと彼の手を振り払った。と、意外にも桐生はおとなしく僕の身体から手を引いた。

まさか本当に彼が手を退けると思っていなかった僕は、逆に戸惑ってしまって彼の顔を見上げてしまった。そんな僕を見て桐生はまたにやりと笑うと、

「それなら床でやろうぜ」

僕の身体を抱き上げ、そのまま床へと下ろした。身体から手を退けついでにトランクスを剝ぎ取り、僕を全裸にする。フローリング——なんていいものじゃない、ただの板張りだが——の床の冷たさが直《じか》に背中にあたってぞくりとし、僕が身体を震わせると、

「また熱を出すなよ」

桐生は無責任なことを言いながら、着衣のままで僕に覆い被さってきた。

寮の部屋なんて寝に帰るだけなのではっきり言って狭い。僕が寝かされているベッドと机の間の床なんて二人並んでは寝られないほどに狭いのである。それなのに桐生は僕に膝を立たせたまま脚を開かせ、その間に顔を埋めると、僕自身を口へと含んだ。

立てた膝がベッドと机にあたるほどに狭いそこで、彼は僕を口に含んだまま腰を持ち上げ、後ろへと指を挿入させてきた。

身体を捩って避けようにも身動きが取れず、僕は前を桐生に咥えられ、後ろを指で掻き回されながら、必死で上がる息を、掌で口を抑えて押し殺そうとしていた。

後ろが充分慣れてくると、桐生は僕を離して身体を起こした。そして手早く自分のベルトを外すと——彼はまだ会社帰りのスーツの上着を脱いだだけという姿だった——彼自身をファスナーの間から取り出し、僕の脚を更に持ち上げて片方をベッドへと乗せ、後ろにそれを捻じ込んできた。

「……う……」

口を抑えた手の間から僕は思わず声を漏らす。と、彼は僕をちらと見下ろしたあと、周囲へと目をやり、自分が脱がせた僕のシャツをベッドの上から拾ってくると、それで既に勃ちあがり先走りの液まで滲み出している僕自身を覆って、その上から僕を握り締めてきた。

僕がそんな彼の動きを無言のまま目で追っているのに気づくと、

「部屋を汚したくないんだろ？」

桐生は更に僕の脚を持ち上げながらまたにやりと笑い、おもむろに腰を使いはじめた。

「……っ」

悲鳴を上げそうになるほどの激しい彼の突き上げに、僕は再び必死で口を抑えて込み上げてくる声を飲み込もうとした。

「ちゃんと下も抑えておけよ」

言いながら桐生は片手を伸ばし、僕の右手を摑んで下ろさせると、僕に自分の雄をシャツの上から抑えさせた。そうして空いた手で彼は僕の両腿の内側を摑んで一段と高く腰を上げさせ、またも激しく抜き差しを始めた。

「……くっ」

僕は無意識のうちに、布の上から自分自身を握り締めていた。目の端に桐生のいやらしく笑った顔が映ったが、僕は自分を抑えることが出来ずにそのまま手を動かし、彼が僕の中で達したのと同時に、自ら手を添えて達してしまった自身を布越しに握り締めていた。

桐生は小さく溜め息をつき、僕の身体を離して立ち上がった。僕も片肘《ひじ》を後ろについて、そろそろと半身を起こし、彼を見上げる。

「いつ部屋に戻るんだ？」

服装を整えながら桐生が僕を見下ろし、尋ねてくる。

「……今週末」

何故僕は答えているのだろう。後ろから彼の残滓が床へと流れ出しそうになるのを堪えながら、僕は自分の声を他人のそれのようにぼんやりと聞いていた。

「早く戻れよ」

桐生はそう言うと、それじゃあ、と薄く笑ってそのまま部屋を出るべく踵を返した。

「桐生」

思わず僕は彼を呼び止め――呼び止めた自分自身にまた驚いていた。桐生も驚いたように足を止めると、不審そうに眉を寄せながら僕を振り返った。

「なに？」

小さな声なのに、彼の問いかけはやけに部屋の中に響いた。僕は何を言おうか咄嗟に頭を巡らせ――。

「社長表彰……おめでとう」

そんな間の抜けたことを言ってしまった。

桐生はなんだ、と少し拍子抜けしたような顔をしてみせたが、やがてまた薄く笑うと、

「それはどうもご丁寧に」

わざとらしく頭を下げ、それじゃあな、と片手を上げて部屋を出ようとした。ドアに手にかけながら、桐生がもう一度僕を振り返る。

「決まったその日にお前に電話したら、熱を出して休んでると言われたんだ……それで報告

が遅くなった」

独り言のように桐生はそう言うと、僕が、何、と問い返すより前に小さく開いた扉の間から身体を滑らせるようにして部屋を出て行ってしまった。

僕は暫く啞然として彼の出て行ったドアを見つめていたが、やがて床から直に伝わる寒さに身を震わせると、大急ぎで脱がされた下着を身に着けた。

シャツはさすがに着る気がしなかったのでそこにあった田中のを借り、まずはトイレへと向かう。そのまま風呂に行こうかとも思ったが、桐生と鉢合わせするような気がしたのでやめておいた。

部屋に戻って今度はきっちりと鍵をかけ、ベッドに寝転んで天井を見上げながら、僕は今更のように桐生は何故僕を抱くのだろうと考えていた。

『来るものは拒まず、去るものは追わず』——一人の女に執着したことがなく、その付き合いはひと月もったためしがないと彼を評した野島課長の言葉が僕の頭に浮かぶ。

僕が最初に彼に犯されたのはもう五ヶ月も前のことになる。決して僕の方からモーションをかけた覚えもなければ、積極的にそうした行為を求めたことも勿論なかった。

それなのに彼は何故、未《いま》だに僕の身体をああして抱きに来るのだろう。

男の身体が珍しかったから、長続きしているだけなのか、女の子には出来ないような手荒な行為や、変態扱いされかねない緊縛や目隠しなど、なんでも試せることを面白がっているだけなのか。

それとも――。

一生懸命そんなことを考えていることが馬鹿馬鹿しくなって、僕は大きく溜め息をつくと、ごろりと寝返りを打った。人の気持ちなど、どんなに他人が思い図っても、答えなど出るわけがないのだ。それを言葉に出して伝えない限りは――。

『俺が守ってやりたいんだ』

そのとき不意に僕の頭に、田中の真摯な瞳が蘇った。

僕は思わず起き上がり、電気をつけると先程まで桐生に抱かれていた床へと膝をつき、そこに行為の痕跡が残っていないかを調べ始めた。

板張りの床の冷たさが膝を通じて伝わってくる。自分のやっている行為の空《むな》しさに激しい自己嫌悪に陥りながら、それでも何も発見できなかったことにほっとすると、僕はまた電気を消し、もう何も考えまいと頭から布団を被った。

5

身体が本調子になるのにはそれから一週間ほどかかった。回復力が落ちていたというわけではない。毎晩深夜残業した挙げ句、飲みに行ってしまっていたのではそれも仕方のない話だろう。

間に挟まった土曜に、僕は世話になった田中の部屋から自分の部屋へと戻った。

部屋を出るとき桐生に抱かれた床の上を、その気配が残っていないかしつこいくらいに確かめているところを田中本人に見られてしまいバツの悪い思いをしたが、まさか僕がそんな『痕跡』を探しているとは知らない彼は、僕が気を遣って借りた部屋を綺麗にしようとしているとでも思ったのだろう、

「意外に神経質なんだな」

屈託なく笑っていた。

桐生とはあれから殆ど顔を合わせなかった。社長表彰を受けた千葉に出来る大型ショッピングモールは——総工費二百三十億円という大型案件だ——全世界でその手のショッピングモールを手がけている外資系資本の日本への進出一号となるプロジェクトで、建設部は部運

をかけているといってもいいのだが、それが見事落札出来たのは桐生の働きによるところが大きいということだった。

情報収集の広域さに迅速な行動力、抑えるところは全て抑え、ここぞというときにトップを担ぎ出す。とても三年目の総合職の出来ることじゃない、と、皆口々に桐生を褒め称《たた》えた。

未来の社長候補だと言いだす奴まで出てきたときには気が早すぎると皆で笑ったが、あながち冗談ではないかもしれないと僕は思っていた。近くで仕事をしたことがある僕は、桐生の優秀さを嫌になるくらいに見せつけられていたからである。

彼はなんというか、本当に頭がよかった。それは勉強が出来るというだけの意味ではなく、あらゆる視点から物事を捉えることが出来るとか、先の先を見通す洞察力があるとか、記憶力が素晴らしいとか、それらの全ての能力を兼ね備えているという意味でだ。

それだけでなく、彼は何故か人望もあった。あれだけ性格が破壊されているのにもかかわらず――それを知っているのは僕と、あとは大学のゴルフ部の関係者ぐらいだろうが――桐生はやたらと社内外で人気があった。

取引先のＶＩＰから『桐生君じゃなきゃね』と指名されるほどその心を捉えるのは、彼自身の努力も勿論あるだろうが、天性の部分もかなりあるのではないかと僕は思っていた。

入社して間もない頃から、僕は桐生にはカリスマ性が備わっていると見ていた。優秀なだけでなく人望も厚いという彼が同期であることに僕は羨望《せんぼう》も感じたが、何より誇らしさを覚えていた。

それは、まさかその彼に無理やり抱かれる日が来るとは思ってもいなかったからだったのだけど——。

『早く戻れ』と言ったにもかかわらず、僕が部屋に戻ったあと、桐生が僕を訪ねることはなかった。というと、まるで彼を待っているようだが、勿論そのつもりはない。ただ、毎晩施錠してあるかを嫌になるくらい確認しているのにもかかわらず、彼が訪ねてくる気配がないことに拍子抜けしてしまっていただけだった。

今、桐生はまだ僅かに残っているショッピングモール建設予定地の地元地権者との折衝に、超多忙な毎日を送っていると風の噂で聞いていた。土地を売却するか、出店するか、各店との大体の話し合いはついているとのことで、詳細を詰めるのに今、彼は走り回っているらしい。暫く寮でも彼の姿を見ることはなかった。

会社でもフロアが違うので彼に会うこともなかったのだが、残業する前に飯でも食おうと、田中と共に訪れた夜の社員食堂で、僕は久し振りに桐生を見かけた。

その日、建設部は社長表彰記念のパーティ——というにはお粗末な、社員食堂の半分を仕切っただけで、食事も所詮《しょせん》『社食』の料理人が作っているという、所謂《いわゆる》立食の懇談会だった——が開催されており、本部の役員や建設部長が歓談する輪の中に僕は桐生の姿を見つけたのだった。

「あ、長瀬」

目ざとく僕を見つけてくれた同期が、僕を仕切りの中に引っ張り込もうとした。

「なんだ、残業《ザン》メシか？　いいからこっちで食って行けよ」

「遠慮するよ」

流石にもう部の人間ではないので一応断ったのだが、僕に気づいた建設部長が、

「おお、長瀬君じゃないか。元気でやっとるか？」

そう声をかけてきたものだから、僕は仕方なく仕切りの中へと入り、

「ご無沙汰《ぶさた》しています」

そしておめでとうございます、と部長に頭を下げた。顔を上げながら部長の横にいる桐生の顔をちらと見たが、そのとき彼は役員である本部長と話していて、僕の方を見てもいなかった。

「いやいや、これからが大変なんだけどね」

そうは言いながらも部長は上機嫌で、豪快に笑って僕の背中を叩いた。

「君もこれからまだ仕事なんだろ？　よかったら食べて、飲んでいきなさい」

「ありがとうございます。お言葉に甘えて」

僕は愛想笑いを返して挨拶をすませたあと、僕を引っ張り込んだ同期の尾崎《おざき》の方へと引き返した。

「ほんと、社長表彰受けてから、部長の機嫌がやたらといいんだよね」

尾崎が肩を竦めてみせる。尾崎と田中も結構仲がいいので、僕が部長に挨拶している間に田中も結局仕切りの中へと入り、取り皿に食べ物をのせているだけでなく既にビールまで飲んでいた。

「そりゃそうだろ。ウチの会社が日経にあれだけ大きく載ったのって久し振りだからな」

田中が僕にもビールを注いでくれながら、そう言ってちらと部長の方を見る。

「機嫌がいいに越したことはないよ。最近円高だからさ、ウチの部長なんて機嫌が悪い悪い。輸出部隊にはキツい世の中だよ」

僕もビールを飲みながらつられたように部長の方を見やった。

僕の視界にまた桐生の歓談する姿が入った。少し痩せたんじゃないかな、と思いながら、一瞬その惚《ほ》れ惚《ぼ》れするような笑顔に目を奪われている僕の視線の先に誰がいるのか気づいた
——わけではないだろうが、田中が僕の背を軽く叩き、声をかけてきた。

「そろそろ戻ろうぜ」

「そうだな」

僕達は尾崎に礼を言って自分たちのフロアへと戻ることにした。帰りしなにちらと振り返って桐生を見たが、彼はまだ本部長と歓談中で、僕の視線に気付く気配すらなかった。

「社長表彰か」

エレベーターの中で、田中が吐き捨てるように呟くのを、僕は何も言えずに聞いていた。彼の憤りが桐生へと向けられたものではないことを密《ひそ》かに祈りながら、僕は再び、少し痩せたように見えた桐生の顔を思い出していた。

田中との会話にあれ以来、桐生の名が出ることはなかった。まるで何事もなかったかのように僕達は毎日を過ごしていたが、以前と全く変わらぬように接しているように見せながら、実は田中が僕に対してひどく気を遣っているということに僕は気付いていた。

田中はよく寮で僕の部屋に来るようになり、会社の行き帰りもごく自然に一緒になるようにしていた。

僕に宣言した通り、僕を桐生から『守ってくれて』いるのだろうなあとは思うのだが、僕はそれに気づかぬふりをし続ける以外にどう対応したらいいのかがわからなかった。

だからといって田中の存在をうざったく感じているわけではなかった。田中と僕とは昔から結構仲も良かったし気も合っていたので、彼と一緒にいるのは楽しかったし、楽でもあった。

彼が持ち前の正義感から、桐生に対して何かアクションを起こすことだけが心配だったが、桐生が多忙さゆえか僕にかかわってこない今、その心配は杞憂に終わっていた。

僕が田中と桐生の衝突を恐れているのは、それが公《おおやけ》になったときに僕と桐生の関係までもが露呈するのではないかと思うからだ。

田中は僕が男に犯されたと知っても同情的だったが、世間は犯《や》った方も犯られた方も同じように見るに違いない。

社内でそんなことが知られてしまったとしたら——既に田中には知られているわけだけれども——僕は会社を辞めることまで考えなければならないだろうと思うと、田中には何とか大人しくしていて貰いたかった。この不況下、今更転職など考えたくなかったからだ。

それから間もなくして、そんな事なかれ主義の僕の身に驚くべき災厄がふりかかってこようとは、そのときは少しも予測できなかった。

自分の置かれた立場があまりに異常であることに『慣れて』しまっていた僕は、それが如《い》何《か》に危ういバランスの上に成り立っているのかということをすっかり失念していたのだった。

それは——建設部のパーティの三日後に起こった。

朝、建設部にいる同期の尾崎から、「速報!」というメールがいきなり届いたのである。

『桐生更迭! 社長表彰取り消し?? 詳細次号。なんちゃって。プロジェクトから桐生が外された。どうやら地権者の一人と揉めたらしい。今夜慰め会をやるので時間があったら来てくれ』

「え？」

思わず僕は画面を見ながら小さく声を上げていた。と、不意に野島課長が、

「そうそう、長瀬、聞いたか？」

と話し掛けてきたものだから、僕は慌ててメールを閉じると、課長の方を向き直った。

「はい？」

「同期の桐生な、大変なことになってるらしいぞ」

課長は席から立ち上がると僕の後ろへと回り込み、耳に口を寄せひそひそと驚くべきことを囁いてきた。

「地権者との折衝が大詰めになったところでな、いきなりその中の一人が、ウチの会社が関係している限りは死んでも土地は売らん、と猛烈に事業主の外資企業に申し立ててきたらしい。一体どういうことかと宥《なだ》めたりすかしたりで聞き出したところ、原因はウチの会社にじゃなく、桐生にあったことがわかったっていうんだな」

「……桐生に、ですか？」

どういうことなのだ、と首を傾げた僕に、野島課長の説明が続く。

「連絡がウチにあったのが一昨日の夜――奇《く》しくも社長表彰記念パーティの直後だったらしい。慌てて常務と部長が揃ってその地権者のところに、桐生には本件に金輪際関わらせないからなんとか機嫌を直して欲しいと頭を下げに行ったのが昨日、漸く機嫌を直してくれて何

とか事なきを得たらしいが、今、建設部は大変な騒ぎになってるらしいぞ」

「はあ……」

あまりにも驚いてしまって、僕はそんな間の抜けた相槌しか打つことができないでいた。

『桐生が原因』という言葉が、この話のスケールの大きさにはどうにもミスマッチのように感じられる。一体彼は何をしでかしてしまったのかと野島課長を見上げると、課長はにやりと笑って僕の背中を叩いた。

「その原因っていうのがな、桐生の昔の悪業にあったんだよ」

「悪業？」

おうむがえしにした僕に、課長は更に僕の耳へと顔を寄せ小さな声で囁いた。

「そう。前に話したろ？　東大ゴルフ部時代、奴は女子大生を食いまくりだったっていう話。悪いことは出来ないもので、その地権者の娘さんっていうのが、昔、桐生に遊ばれた挙げ句に堕胎するしないで揉めた、ゴルフ部のマネージャーだったそうなんだ。桐生がその地権者の家に、土地売買の折衝の為に通い詰めるうちにそれがわかったっていうんだな。積年の恨みを晴らそうと父親が一念発起してこの騒ぎを起こしたらしい」

「…………」

「桐生はこのことを社内だけじゃなく、事業主にも知られてしまったからな。まさに『悪業の報い』を受けたというか、悪いことは出来ないものだというか……。プロジェクトを外されるだけじゃ、すまんだろう」

言葉もなく課長の話に耳を傾けていた僕から身体を起こし、野島課長はそう言うと、また僕の背中を叩いた。

「ま、あまり人には言うなよ？　会社の恥だからな」

誰より自分が言いふらしているくせにそんなわざとらしい注意をしつつ、野島課長は気が済んだのか席へと戻っていった。

僕は席についたまま、暫く呆然としてしまっていた。まさに天国から地獄——桐生の身にそんなことが起こっていたとは少しも知らなかった、と思いながら僕はもう一度尾崎のくれたメールを開いた。

部内でも既に桐生が何故プロジェクトを外されたかという話は広まっているのだろうか。その原因までもがオープンにされているのであれば、この『残念会』は嫌味でしかないだろうから、きっとそれほど公にはされていない話なのかもしれない。が、僕が野島課長に聞いたように、そのうち噂は広まっていくのだろう。そんな中、桐生は今、何を思い、何をしているというのだろうか——。

ポン、と新しいメールが来て、僕ははっと我に返った。発信人はまた尾崎で、開いてみると、慌てたような文面が眼に飛び込んできた。

『すまん、さっきの件は中止。とてもそれどころじゃない様子』

きっと尾崎は今、その『原因』を知ったのだろうと、僕は小さく溜め息をつくとメールを閉じた。

そのとき僕の脳裏に、三日前のパーティの夜、少しやつれたような顔をしながらも、惚れ惚れするような微笑を浮かべ本部長と話していた桐生の顔が浮かんだ。


その日の夜は、珍しく僕はフロアで最後の一人になってしまった。田中たちの部が歓送迎会とのことでごっそりいなかったのと、僕の部は僕の部で、今頃インフルエンザの第二陣が横行していたために今日は皆の引けが早かったのだ。

昼間ショッキングなことを聞いてしまったからだろうか、アシスタントに作らせたオーダーシートを見直している最中、自分の指示ミスを二箇所も発見してしまい、仕方なく自分でそれを作り直しているうちに既に終電の時間を過ぎてしまった。

どうせタクシーで帰るのなら日頃ためてきた諸経費の精算でもするか、とパソコンに向き直ってしまったのが運の尽き、ひと段落して時計を見ると、既に一時半を廻っていた。

そろそろ帰るか、とパソコンを消して立ち上がり、大きく伸びをしたそのとき、エレベーターホールから、チン、とエレベーターの扉が開く音が無人のフロアに響き渡った。

昼間、人がいるときにはこの音は聞こえることはない。そろそろ警備員の見回りの時間なのかな、と何気なく僕は振り返り――思わず天井に向かって伸ばした腕の動きが止まってしまった。

「なんだ、一人か」

そこに立っていたのは――桐生だった。

「……やあ」

僕は何と言っていいのかわからず、間の抜けた挨拶を投げかけてしまった。桐生は唇の端を上げて笑うと、

「やあ」

片手を上げながら僕の方へと近づいてきた。

いつもと少しも変わらぬように見える彼の自信に満ちた顔。堂々としたその仕草――僕の脳裏に、昼間野島課長に聞いた話が蘇る。

『悪業の報いだよ』

彼は――桐生は今、何を思い、どう感じているのだろうか。

桐生が僕のすぐ目の前に立ち塞がった。僕は無言で間近に迫る彼の顔を見上げた。桐生は少しの間、そんな僕の顔をやはり無言で見下ろしていたが、やがて薄く笑うと、僕の手を取りこう告げた。

「応接室へ行こう」

フロアは違っても構造はだいたい一緒である。桐生は何も言わない僕の手を引いて、応接室へと歩き始めた。物凄いデジャビュが僕を襲う。

僕が最後に彼にこうして応接室へと連れ込まれたのはいつだったろう。ひと月、いやふた月は前になるんじゃないだろうか。彼に腕を握られていたが、少しも力はこもっていなかった。

今に限ったことではない。今までだって振り解こうと思えば振り解けるほどの力でしか、桐生は僕の腕を握ってこなかったのだった。それでも僕が黙って彼のあとについて部屋へと入っていったのは——。

がちゃりと桐生は応接室のドアを開くと入り口近くの電気のスイッチを入れた。明るくなった室内、まだ客に出した珈琲《コーヒー》が片付いていなかった様子が目に飛び込んでくる。

「自動車はルーズだな」

桐生はそう笑うと、僕の腕を離してテーブルの上のコーヒーカップを電話台へと移動させた。僕はそんな彼の様子を無言で眺めながら、一体何故、僕はこうして大人しくこの場に立っているのだろうと考えていた。

桐生は再び僕の手を摑むと、軽く引いて長椅子の方へと導いた。促されるがままに僕は長椅子へと腰を下ろし、目の前に立つ彼の顔を見上げた。

「……なんだよ」

桐生がぼそりと僕を見下ろし尋ねてくる。

僕は何か言おうとして、何を言ったらいいのかわからず、思わず彼から目を逸らしてしまった。頭の上で桐生が笑う気配がする。

「なんだ、耳が早いな。もう聞いたのか」

彼の手が伸びてきて、僕の顎を捕らえた。そのまま強引に上を向かされ、再び桐生と視線を合わせさせられる。

「そうか。お前の課長、野島さんだもんな。色々聞いたんだろう？」

言いながら桐生は僕の方へと顔を寄せてきた。僕は彼が唇を合わせにきたのかと思い軽く目を閉じた。その瞬間、桐生の動きがぴたりと止まる。

「なんだよ。同情か？」

僕の顎を捕らえた手に力が込められたと思った次の瞬間、あまりにも冷たい声がすぐ近くで響いたのに、僕は思わず目を開いて、彼の顔を見やった。

「俺を哀れに思って、抱かせてやろうっていうのか？」

桐生は——笑っていた。

冷たい声とは裏腹に、パーティの夜、遠目に見たあの鮮やかな微笑みと同じ微笑を浮かべ、僕を見下ろしていた。が、彼の目は少しも笑ってなどいなかった。瞳の中には光が——今まで僕を竦ませ続けていたあの光が宿っていた。僕は言葉を失いそんな彼の顔を見上げ――やがて気づいた。

彼が瞳に湛えていた光は少しも恐怖を煽《あお》るものではなく――痛いほどに哀《かな》しい光であったということに。

「……違うよ」

僕はそう言ってゆっくりと首を横に振ろうとした。が、しっかりと顎を捕らえられてしまっていて、顔を動かすことはできなかった。

「上等じゃないか」

桐生はそう笑うと、片手を僕のネクタイへと伸ばしてきた。器用に結び目を解いたあとシュルリと音を立ててそれを僕の首から抜き取った。

「手、出して」

顎から手を離しながら、桐生がいつものように僕に命じる。僕は大人しく彼の前に両手を差し出し、桐生が手首を僕のネクタイできつく縛るのをじっと見ていた。

桐生は僕の手首を縛り終えると、僕をソファに寝転がし、僕のベルトへと手をかけた。ファスナーを下ろし、下着ごとスラックスを僕の足首まで下ろすと靴を脱がせ、そのままそれらを両脚から引き抜き床へと落とす。

煌々《こうこう》と灯りのつく中、いつものこととはいえ下半身を裸にされる羞恥《しゅうち》に僕は顔を伏せた。

桐生は僕の脚を持ち上げて自分の座るスペースを作り、そこへと腰を下ろしたあとに、持っていた僕の両脚を大きく開かせた。

苦しい体勢に僕が顔を顰めると、桐生は開いた僕の脚の間、いつも彼を咥え込むそこをまじまじと見つめながら歌うような口調でこう言った。

「同情なんてするなよ」

「……違うよ……」

苦しさと恥ずかしさで僕の声が掠れた。彼は僕の顔は見ずに、ただそこだけを眺めながら、

「誘うなよ」

そう笑うと、そろそろと僕の双丘へと手を滑らせていき、押し広げるようにして露わにしたそこに指を挿し入れてきた。

びくん、と彼の腕の中で僕の下半身が震える。

「なんでこんなに熱いんだよ」

桐生は笑いながら、その長い指で僕の中を乱暴にかき回し始めた。前立腺を攻められ、僕の前はあっという間に勃ち上がった。彼が僕の腰ごと脚を摑んで持ち上げているせいで、先端が腹に擦れるほどになっている。

「後ろも随分慣れてきたよな」

そう言いながら、桐生が二本に増やした指で僕の弱い部分を力強く圧した。離れてゆく指

を追いかけるように僕の後ろが収縮するのに、

「な？」

彼はまた意地悪く笑ってみせ、僕の顔を覗き込む。

「指じゃあ物足りないんだよな」

「桐生……」

僕は上がりそうになる息を抑えながら、何かを伝えたくて彼の名を呼んだ。

「早く突っ込んで欲しいんだろ？」

桐生はそう言いながら、尚も激しく後ろをかき回しつづける。

「……桐生……っ」

持ち上げられた腰が辛い。僕は椅子の背もたれに片脚を下ろしてバランスをとりながら、それでもまた彼の名を呼んだ。

何を言ったらいいのか、実は少しもわかってはいなかったのだが、彼の名を呼ばずにはいられなかった。

「ほら、もうお前も出そうじゃないか」

桐生はそう言って僕自身へと手を伸ばすと、先端に滲む液を全体へと塗りこめるようにして扱き始めた。

「……っ……きりゅう…っ」

前と後ろを同時に攻められ、思わず僕の腰が浮く。桐生は僕の様子に満足そうな顔をして笑うと、後ろから右手の指を抜き、自分のベルトを外しはじめた。桐生の指を失ったそこは、自分でも驚くほどにひくひくとその名残を求めて蠢《うごめ》いている。

「待ってろ」

桐生は笑って、ファスナーの間から取り出した彼自身を軽く扱くと、そのまま僕の後ろへと捻じ込んできた。そうして僕の両脚を摑んで自分の方へと一気に引き寄せ、ぴったりと互いの下半身を密着させる。

「桐生っ」

いきなりの突き上げに僕は思わずまた彼の名を呼んだ。

「まだいくなよ」

桐生がそう言いながら突き上げを始めようとしたそのとき——。

「おい、何をしている！」

いきなりドアが開いたと思うと、警備員が部屋へと駆け込んできた。

息が止まるほどの驚きというのはこういう状態を言うのだ、と思ったのは随分あとになってからなのだが、僕はもう言葉もなく、それこそ身動きすら出来ずにその場で固まってしまっていた。

「何をしているんですかっ」

警備員が驚いた声を上げたかと思うと、はっとした顔になり、僕達の方へと近づいて来た。その頃には既に状況を把握したらしく、桐生は僕から離れていたのだが、警備員は服装を整えている桐生の肩を摑むと、

「何をやってるんですかっ」

再びそう叫び、いきなり部屋の入り口の方へと桐生の身体を突き飛ばした。

「……っ」

そして、思わず、あ、と声を上げその様子を見た僕の方に屈んでくると、

「大丈夫ですか？」

心底案じている様子で問いかけながら、慌てて手首を縛るネクタイを解いてくれようとした。きつく縛られたそれはなかなか解くことが出来ないらしく、手袋を外して解こうとしてくれている警備員の帽子を上から眺めているうちに、だんだんと僕は現況を察してきた。

警備員は僕が無理やり桐生に連れ込まれ、犯されていたと勘違い――勘違い、だと思う。初回はともかく今となっては――しているのだ。なんとかネクタイを解き終わると警備員は足元に転がっていた僕のスラックスを拾ってくれ、もう一度、僕の顔を覗き込み問いかけてきた。

「大丈夫ですか」

「……はあ……」

一体どうしたらいいのかわからず、僕は小さく頷きながら、のろのろと下着をスラックスからはがしてそれを穿こうとした。警備員はそんな僕の姿を見るのは申し訳ないと思ったのか慌てたように立ち上がると、桐生の方を振り返り、

「所属と名前は？」

うって変わった厳しい声で尋ねたのだった。


それからが大変だった。警備員は非常事態勃発とのことで人事部長へと連絡をとったらしく、深夜だというのにその人事部長に、桐生の上司北村課長と僕の課の野島課長が呼び出された。

僕と桐生は別々の部屋に入れられたが、僕はすっかり『被害者』だと思われているからか、時折、警備員が様子を覗きに来ては親切にも茶やコーヒーを運んでくれた。

桐生はどうしているのかと僕は尋ねたかったのだが、警備員たちが僕をどんな目で見ているのかを考えるだにそんな彼らに話しかける勇気が出ず、一体いつまでここにいればいいのだろうと思いながら、壁にかかる時計を見上げては溜め息をついていた。

約一時間後、遠慮がちなノックの音とともに野島課長が部屋に入って来た。

「大丈夫か？」

寝起きを起こされたのだろう。しょぼしょぼした目をしながら、それでも野島課長は、そのときにはまさか課長が現れるとは思っていなかったために驚いて立ち上がった僕の肩を叩くと、

「まあ、気にするな。野良犬にでも噛まれたと思えばいいさ」

僕が男なのにもかかわらずそういうときの常套句《じょうとうく》を口にした。

「このことは社内では僕と向こうの北村課長、それと人事部長以外には知れぬよう緘口令《かんこうれい》がしかれている。他には絶対に漏れることがないから、安心してくれ」

野島課長は真剣にそう言いながら僕の顔を覗き込み、唖然としている僕を安心させようとするかのように二度大きく頷いてみせた。

警備員だって知ってるだろう――あ、でも社員じゃあないか、とこんなときなのに、心の中で突っ込みを入れてしまっている自分に僕はただうんざりしていた。無言の僕の心情をどうとらえたのか、

「明日休んでもいいから。ゆっくり休んで、落ち着いたらまた会社に来い。ショックなのはわかるが、あまり思いつめるな」

野島課長は優しい口調でそう言いぽんぽんとまた僕の肩を叩くと、「帰ろうか」と再び僕へと微笑みかけた。

ショックといわれれば、桐生との関係を人に知られたことが――いや、何よりショックだったのは勿論『現場』を見られたことなのだが――ショックではあるが、多分野島課長はそういう意味で言ってくれているのではないだろう。

僕は恐る恐る、一体どういうことなのか、と小さな声で尋ねてみた。

「いやな、隣の部の女性が財布を忘れたと言って、飲み会のあと、フロアに引き返して来たんだが、そのとき応接室から変な声が聞こえることに気づいて、会社を出るときに警備員に知らせたらしいんだ。最近、経理で夜中に会議室をホテル代わりに使っている男女がいるというクレームが出たこともあり、すわ自動車もか、と警備員が踏み込んだところ、お前が――」

野島課長はここで流石に言い淀《よど》み、言葉を捜すように一瞬黙った。が、やがて、

「桐生もなあ」

と深く溜め息をついたあと、言葉を続けた。

「余程プロジェクトを外されたことがショックだったのか…まあ、あんな評判が立っちゃあ、それだけじゃ済みそうにないとは言われていたが、まさかこんな行動に出るなんてなあ……」

よっぽど追い詰められていたのかもしれんな、と課長は唸ると、

「気にするなと言っても無理だろうが、まあ気にするな。今日はゆっくり寝ろよ」

僕の背に腕を廻すようにして僕を促し、僕達は二人並んで部屋を出た。

会社を出るまで、桐生と顔を合わせることはなかった。野島課長は全然方向が違うにもかかわらず、僕を送っていくと言って譲らなかった。

後ろのシートに並んで座りながら、出来るだけ関係ないような雑談に興じようと課長は随分苦労していたが、時折、僕の手首に残るネクタイで縛られた痕《あと》に目が行ってしまうようで、慌てて目を逸らすと尚も陽気に話を続けてくれた。

僕はそんな彼の話にお義理のように頷きながら、桐生は一体どうしただろうと、そのことばかりを考えていた。

僕のところには人事部長は来なかったが、彼のところには話を聞きにいったかもしれない。人事部長と北村課長を目の前に、彼はどう弁明したというのだろう。

『合意だった』と言うかもしれないな、と僕はぼんやりそう思いながら窓の外を見やった。既に時計の針は四時を指している。店々の明かりももう消えており、殆ど真っ暗闇の中をタクシーは疾走していた。後ろへと流れる街灯を目で追いながら、もし『合意の上の関係だった』『これがはじめてではなかった』と知れたとき、野島課長は僕に対しこんなに優しく対応したことを酷く後悔するだろうなと思い、小さく溜め息をついた。

辞めるか――。

その言葉がまず僕の頭に浮かんだ。性的志向を差別されるのはおかしいと力強く主張する気には到底なれないし、何より会社の応接室をそのために使ったというのはやはり問題ありだったとも思う。

性的志向——僕は自分で考えながら、まるでこれでは自分も望んで桐生と関係を結んでいたようじゃないかと、思わず心の中で笑ってしまった。

決して望んでいたわけではない。いつも嫌々やっていたはずの行為なのに、何時の間にか身体の方はすっかり慣れ、桐生の与える所作にいちいち反応するまでにもなってしまっている。

それだけでも彼を責める理由になるな、と思いながらも少しも彼に対する憤りの気持ちが湧いてこないのは何故なのだろう、と僕は桐生の顔を思い浮かべた。

『同情するな』

僕を見下ろす彼の、哀しみの色を湛えた瞳の光——。

「そろそろ着くな」

野島課長の声に僕ははっと我に返り、慌てて課長を振り向いた。

「明日……ああ、今日か、休んでいいぞ」

野島課長はそう言ってくれたが、僕が「大丈夫です」と答えると、

「お前のいいようにしろ」

また僕の肩を叩いて、それじゃあ、と寮の前で僕を車から降ろしてくれたのだった。

課長の乗る車を見送ったあと、エントランスに入るとそこにはなんと田中が座っていた。僕の帰りを待っていてくれたようで、僕の顔を見るとほっとしたように笑いかけてきた。

「遅いなあ」

「ああ、ちょっとね」

田中は何も知らないらしい。そのことに胸を撫で下ろしはしたものの明日には田中にも今日の出来事が、そして桐生と僕との本当の関係が知れてしまうのかもしれないと思うと、どうにもいたたまれなくなり、

「ごめん、もう寝るよ」

彼の顔から目を逸らすとそのまま足早に部屋へと向かった。

「おやすみ」

田中の優しい声が僕の耳に響く。僕を守ると言ってくれた彼には本当に申し訳なかったと今更のように僕は、心の中で彼への謝罪の言葉を呟き続けた。

翌朝——。

一時間ほどしか寝ていなかったが、頭は妙に冴《さ》えていた。

昨夜、部屋に戻ってから僕は『辞表』を書いたのだ。こんな理由で会社を辞めることになろうとは、と情けなく思わないでもなかったが、周囲の好奇な視線に自分の神経が耐えられなくなったとしたら、最悪――このへんが我ながら往生際が悪い。僕はまだ半分くらい辞めないでいようかとも考えていたのだ――辞めるしかないだろう、と決意を固めたその証《あかし》だった。

出社したらまず人事部長に呼ばれるかもしれない。昨夜は『被害者』でしかなかった僕が、桐生の弁明により『共犯者』であったことがわかれば、僕にも厳重注意が与えられるだろう。それが野島課長に知れ、呆れたあまりにいつものように軽くなった課長の口から皆に知れ――やっぱり辞めるしかないか、と僕は密かに溜め息をつくと、そんな女々《めめ》しい自分を叱咤しながら、一人会社へと向かった。

かなり早い時間についたというのに、既に野島課長は出社していた。

「大丈夫か？」

僕の顔を見ると課長はそう聞いてきたが、昨日のことについては一切触れようとしなかった。

まだ課長には伝わってないのだろうか、と僕はちらちらと彼の方を見ながら、実際辞めるとなると引継ぎにはどれだけ時間がかかるのだろう、と自分の持っている案件をざっと見直してみた。

引き継いだばかりであるから、多分僕が仕事を引き継いで貰ったとき同様、三週間もあれば充分だろう。案件ごとの進捗《しんちょく》状況を纏《まと》めておくか、とエクセルを開いたとき、ポン、とメールが来たという通知がPCの画面に浮かんだ。

時計を見ると既に9時半、始業である。朝から誰だ、と思いながらメールの画面を開く。もしかしたら人事かな、と思った途端に心臓が一瞬高鳴った。が、メールは建設部の同期、尾崎からだった。

なんだ、と思いながら無題のそれを開いた途端、僕はそれこそ心臓が止まるほどに驚いた。

『桐生が退職した！　今発表があった』

がたん、と椅子を鳴らして、思わず僕はその場に立ち上がっていた。びっくりしたように周囲の課員がそんな僕を見ている。

「どうした？」

野島課長が驚きながらも心配そうな顔で僕に問い掛けてきた。だが僕が何と言っていいかわからず、ただ呆然とその場に立ち尽くしていると、課長は僕の方へと歩いて来て、肩を叩いた。

「部屋に行こう」

彼なりに気をつかってくれたのだろう、課長は一瞬応接室に入りかけたが、直《す》ぐに扉から手を離すと、

「コーヒーでも飲みに行こう」

と僕を社食へと誘った。

自販でコーヒーを買ってくれ、営業前の薄暗い社食で周囲に人がいないことを確かめたあと、野島課長は心配そうに僕の顔を覗き込んできた。

「どうした？」

「桐生が……会社を辞めたというのは……」

本当ですか、と僕が小さな声で尋ねると、野島課長は、うん、と難しい顔で頷いてみせた。

「昨日人事部長と自分の課長の前で言い訳も何もせず、ただ退職すると宣言したと聞いた。今朝早く辞表を提出しに来たらしいよ。会社側は『解雇』にするほどのことをしたわけではないので、『依願退職』の形をとらせるということで話がついたらしい。あれほどの人材を失うのは会社としても痛いが、あのショッピングモールの地権者との問題に続いて、昨日のあれだろう？　人格的にやはり問題ありと、会社側も引き止めるのを留《とど》まったらしい」

野島課長の言葉は、僕の頭にはとてもストレートには入って来なかった。桐生が辞めた、しかも昨日の時点で辞めると宣言していたとは――言い訳の一つもせず、今朝には既に辞表を提出してしまっていたとは――。

一体どういうことなんだろう。

「……君？　長瀬君？」

課長に肩を揺さぶられ、僕ははっと我に返った。

「大丈夫か？　真っ青だぞ？」

野島課長がそれこそ真っ青な顔をして僕の顔を覗き込んでいる。

「すみません……やっぱり帰っていいでしょうか？」

そう言ったとき、僕は既に椅子から立ち上がっていた。

「ああ、勿論……」

頷いてくれた野島課長は、「無理するなよ」といつまでも心配そうな顔のまま、僕が社食を出るのを見送っていた。


会社を飛び出すと、僕は迷わずタクシーに手を上げた。電車でちんたら帰る気持ちの余裕がとてもなかったのだ。高速を走りながら、僕は自分の身体を抱き締めるようにして、込み上げてくる焦燥感に耐えていた。

何故自分がこうもやみくもに、寮への道を急いでいるのかがわからない。逸《はや》る自分の心を持て余し、僕はひたすらにタクシーのフロントガラスを見つめていた。

車が寮に滑り込むと僕は急いで金を払って無人の廊下を走り、彼の——桐生の部屋へと向かった。

既に辞表を提出しているという彼が、部屋まで引き払ってしまっていたらどうしよう。

そう思いながら僕は走っていたのだが、ふと何が一体「どうしよう」なのだろう、と首を傾げた。が、疑問を追求する間もなく僕は桐生の部屋へと到着し、ノックもせずにバタンと大きな音を立てて部屋の扉を開いた。

室内は、整然と片付けられていて——無人だった。

僕はその場にへなへなと座り込みそうになった。と、いきなり後ろから腕を摑まれ崩れ落ちそうになる身体を支えられた。

「え……」

驚いて振り返ると、そこには、やはり驚いた顔をしながらも僕を支えてくれている桐生の姿があった。

「桐生……」

思わず僕の口から安堵の声が漏れる。

「……どうした？　こんな時間に」

桐生はそう問いながら、僕の腕を放すと僕の脇《わき》をすり抜けて部屋へと入り、布団も何もないベッドの上へとどっかりと座った。

「……お前こそ……」

僕はきれいに片付いた部屋を見回しながら、彼へと近づいていき、正面に立って彼を見下ろした。

「……ほんとに……お前は耳が早いな」

苦笑するように桐生は笑うと、座れよ、と自分の座るベッドを叩き、僕は促されるままに彼の隣へと腰を下ろした。

「別にお前のせいじゃないよ」

桐生がくす、と笑い、僕を見る。

「……何故なんだ」

僕は理由が聞きたかった。何故彼は突然退職を決意したというのだろう。桐生は暫く考えるような素振りをして黙り込んだが、やがて、僕の尋ねたかった『何故』以外の理由を語り始めた。

「……お前が野島さんから何を聞いたか知らんが……確かに俺は女にはだらしがない男だった……まあ、それは今も変わらないんだけどな」

自嘲気味に笑う彼が、一体何を言いたいのか少しもわからず、僕は黙って桐生の言葉の続きを待った。

「自分でも酷いとは思うんだが、なんていうか……面倒が嫌いなんだよ。今まで付き合ってきた——あれを『付き合った』といえるかは疑問なんだが——付き合った女は全部向こうの方から言い寄ってくるケースばかりだった。断るのにもエネルギーがいるだろ？　面倒だからそのまま受けてしまう。女も馬鹿じゃないからだんだん俺の気持ちが自分にないことがわかってくるんだろう、暫く一人相撲をとっていたかと思うと自然と俺から離れていく、その繰り返しだった。だから一人として今まで長く付き合いの続いた女がいなかったんだけどな」

言いながら、ああ、と彼は何か思い出したような顔になった。

「俺の子を孕《はら》んだ孕まないというあの女と揉めたときも、彼女は妊娠なんてしちゃいなかった。俺をつなぎとめたくてそんな噂を周囲にばらまいたんだったが、あまりに馬鹿馬鹿しいと俺が相手にもしなかったのを未だに根に持っていたらしい」

まあ今更いいけどな、と桐生が笑う。

「桐生……」

そうだったのか、と僕は思いながら、それなら何故弁明しないのだ、と逆に憤りさえ感じてしまっていた。桐生はそんな僕の気持ちを見越したように、再び苦笑し言葉を続けた。

「だから俺は面倒なことは嫌いなんだよ。それに女が『弄《もてあそ》ばれた』と思ったのなら、女にとってはそれが真実なんだし、そう思わせた俺自身にも責任があるだろ」

「それにしても……」

それで彼が失ったものを考えると、本当にそれでいいのかと、ひとごとであるにもかかわらず、腹立たしく思っていた僕が尚も問い質《ただ》そうとするのを遮り、桐生が喋り始める。

「そんな俺がさ……今まで何にも執着したことがなかったこの俺が、初めて執着したのが」

ここで言葉を切って、彼はまた僕の顔を見た。僕は桐生が何を言おうとしているのかわからず、黙ってその視線を受け止めた。

と、桐生は彼にしては珍しく一瞬言い淀むように下を向いたあと、やがて再び僕の顔を見つめ、驚くようなことを言い出した。

「お前だ」

「え？」

思わず僕の口から、素っ頓狂な驚きの声が漏れた。僕のリアクションに桐生は端正な眉を顰めると軽く僕を睨んできた。

「なんだよ」

「…………」

『なんだよ』と言われても一体何と答えていいのか全くわからない。軽いパニックに陥りつつある僕に向かい、桐生はとつとつと話を続けた。

「入社した頃から何故かお前のことは気になってた。夜中、誰もいない会社で、応接室で寝てるお前を見てるうちに、どうにも自分の気持ちを抑えられなくなって抱いてしまった。それで満足したかというと、逆に俺はますますお前を離したくなくなって、お前が嫌がらないのをいいことに、我慢できなくなるとお前を抱いた」

いや、僕は別に『嫌がらなかった』わけではないのだが——なんて突っ込みを冷静に入れてる場合じゃない。

僕は唖然としたまま彼の言葉を聞いていた。驚愕《きょうがく》が全ての感情をストップさせているみたいだ。だからそんなつまらないツッコミを思いつくのかもしれない。

桐生はそんな僕を見て、また言葉を捜すように少し黙り込んだが、やがて小さく溜め息をつくと、急に力ない声で、

「……わからなかったんだ」

ぽつり、とそう言い、僕から目を逸らせた。

「……え？」

何が、と僕は彼の答えを待った。

「どうやってお前にこの気持ちを伝えたらいいのかがわからなかった。今まで数え切れないくらい告白をされたことはあったが、自分の気持ちを人に伝えたいと思ったことがなかったからかもしれない。言葉にしようとすればするほど、なんと言っていいのか、どう伝えていいのかがわからなくて——そもそもこの気持ち自体がなんだか自分でも説明がつかなくて、お前を独占したいと思う行動だけが先に出てしまった。それでいて俺は生まれて初めてといってもいいそんな気持ちに戸惑い、悪ふざけすれすれのことを試しては自分はそっちに嵌《はま》っ

ていると思い込もうとした。悪趣味な遊びがエスカレートすればするほど、俺が手にしたいのはそんなもんじゃないことが嫌になるくらいにわかってしまって、逆に俺を苛立《いらだ》たせた。社長表彰が決まった時も俺は一番にお前に伝えたかったというのに、実際お前を目の前にすると、乱暴にお前を抱くことしか出来なかった。俺は……」

すっかり熱く語っていた桐生は、そこで気付いたように言葉を切ると僕の顔を再び見つめ、ひとこと、ぽつり、と呟いた。

「俺は……きっと、お前が好きなんだ」

「え」

僕の口からはまたも間の抜けたような声しか出なかった。『好き』って……僕は思わずまじまじと桐生の顔を見返してしまった。

桐生が僕を好きだというのか？　あれだけ人の身体を弄んだ彼が？　四十度近い高熱の僕を抱いた挙げ句に放り出した彼が？　——社長表彰を伝えたかったというのはあのときか——病み上がりの僕を田中の部屋の床で抱いた彼が？　始終僕を馬鹿にしたように見下ろしていた彼が？　何を聞いてもぶっきらぼうに答えることしかしなかった彼が？　会社以外での接触を全く持とうとしなかった彼が？

「お前……それ……わかりにくすぎるぞ」

思わずそう呟いてしまった僕に、桐生はやはりぶっきらぼうに、

「我ながらそう思う」

下を向いたまま、ぼそりと答えた。

全ては愛情の裏返しだったと言われても、直ぐには納得できるものではなかった。僕はそれこそ今までの鬱憤《うっぷん》を晴らそうと、彼に受けた恥辱や苦痛を訴えるために、この数ヶ月を思い起こして——あまりにも膨大な量のクレームを前に思わず溜め息をつき、正直な気持を口にしてしまった。

「今更そんなことを言われても……」

びくりと隣で彼が身体を震わせた気配が服越しに伝わって来る。怒らせたかな、と僕はぎくりとして彼の顔を恐る恐る見上げたが、桐生はそんな僕を見返すと、

「そりゃそうだろなあ」

溜め息混じりに笑っただけで、他には何も言わなかった。沈黙が二人の間に流れる。

「……これからどうするんだ」

沈黙に耐え切れず、先に口を開いたのは僕だった。あまりに衝撃的な彼の告白にすっかり忘れていたが、そういえば彼は退職してしまったのだ。

一言の弁明もせず、僕を無理やり犯したという汚名まで引き受けて——と、桐生はにやりと笑って、

「捨てる神あれば拾う神ありってね」

内ポケットから名刺入れを出すとそこから一枚名刺を抜き取り、僕へと示してみせた。

「え？」

受け取りそれを見やった途端、僕は三度《みたび》間の抜けた声を上げていた。

名刺には、あの大型ショッピングモールの事業主である、アメリカの企業グループの名があった。そして——。

『Department Manager　Takashi Kiryuh』

「ぶ、部長？」

貰った名刺を取り落としそうになった僕に、

「外資は実力勝負だからな」

桐生はいつものふてぶてしさを取り戻し笑ってみせたあと、唖然としている僕の肩を抱き、耳元に囁いてきた。

「ここのオフィスな、会社の近所なんだ。夜中に時々お前を訪ねてもいいだろう？」

「いいわけないだろう！」

あきれて彼の身体を押しのけながら、僕はベッドから立ち上がると、渡された名刺をにやつく彼に向かって投げつけた。

「もともとお前、会社を辞めるつもりだったんじゃないか！」

冗談じゃない。桐生が僕を庇《かば》って、一人会社を辞めようとしているのだと思ったからこそ、僕はこうして寮まで飛んで帰って来たというのに、既に名刺が出来ているということは、この引き抜き――なのだろう、多分――の話はかなり前から進んでいたということじゃないか。

怒り心頭に発している僕に、桐生は投げつけられた名刺を拾い上げると、それを僕へと再び握らせた。

「連絡してくれ。名刺は渡したからな」

「……あのなあ」

僕の怒りなど我関せずといった様子の桐生を前に、僕は思わず溜め息をつき、そんな彼を見返す。と、桐生はにやりと不敵に微笑むと改めて僕の顔を覗き込んできた。

「だったら何故、今日戻ってきたんだ？」

「何故って……」

途端に僕は言葉に詰まってしまった。桐生の退職を聞いた瞬間、とるものもとりあえず戻ってきてしまったのは――。

「そりゃ、お前が一人で全てをひっかぶって会社を辞めようとしてるなんて聞いたら……僕を庇ってると思ってしまったら、黙っていられないじゃあないか」

答えながら、僕は、そうじゃないと心の中で思っていた。

このまま、彼に会えなくなってしまったらどうしようと思ったのだ。何といっても彼と僕を繋ぐのは会社だけだったから。その媒体がなくなってしまったあと、彼を追う術を僕は持たなかったから。

彼を追う術——何故僕は彼を追わなきゃいけないんだ？

「そういうことにしておこう」

桐生はまた全てを見越したような意地悪な笑いを浮かべると、自分自身の心を持て余し黙り込んでしまった僕の肩を叩いた。

「そういうことって……」

思わず言い返した僕に向かって、彼はまたにやりと笑うと、

「少なくとも身体の相性だけはいいからな。これから、これから」

そう言い、僕の肩に残した手で、僕の身体を自分の方へと抱き寄せようとする。

「身体の相性って……あのなあ」

非難の眼差しを向けはしたものの僕は、大人しく彼に抱き寄せられていた。

桐生がまた、にっと微笑んで見せたあと、「なんだ？」と問いかけながら僕に唇を寄せてくる。

「本当にお前は……わかりにくすぎるぞ」

落ちてくる彼の唇を、顔を背けて避け、負け惜しみのように呟いた僕の手はそのとき、彼の名刺をしっかり握りしめていた。

million dollars night

「よく来てくれたな。まあ入れよ」

築地《つきじ》に近いウォーターフロントの超高層マンションの、一階エントランスのあまりの立派さに気後《きおく》れしつつ、教えられた部屋番号を押してオートロックを開《あ》けて貰《もら》う。

出来たばかりのこの五十二階建てのマンションの三十八階に桐生《きりゅう》は部屋を借りていた。

僕の会社のビルが二十五階——就労圏ですらその高さなのに、生活圏にそこまで高層階を選ぶのは何故《なぜ》なのか。エレベーターでも止まったらさぞ苦労するだろうなどと、僕はひがみ根性丸出しのことを考えつつ、六基もあるエレベーターの真ん中に乗り込み、指定階のボタンを押した。

ウィン、と静かな音を立てながらハコが急激に上昇していく。

昨夜、携帯に桐生から電話があった。桐生とは先月彼が会社を辞めて以来、結構頻繁に電話のやりとりをするようにはなっていたが、互いに忙しくてなかなか実際に会うまでには至っていなかった。

『そろそろ新居の方も落ち着いてきたから、よかったら明日、遊びに来ないか？』

電話で桐生は、僕をそう誘ってきたのだった。以前のように有無を言わせぬ口調ではなく、一応こちらの予定を聞く姿勢まで見せられるようになっているのはたいそうな進歩だ。

僕は彼が今、どんなところに住んでいるのか知りたいという好奇心もあったし、やはり久久に彼の顔を見たくもあって、二つ返事でその誘いに乗ったのだった。

今日になって、引っ越し祝いに何か持っていったほうがいいかなと思いつき、通り道の銀座《ぎんざ》でワインを二本買った。僕を出迎えてくれた桐生は、

「なんだ、手ぶらでよかったのに」

僕が差し出したワインを受け取りながら、その辺に座っていてくれ、と僕をリビングダイニングに案内するとキッチンへと消えた。

僕は興味津々《しんしん》で広い室内をぐるりと見回した。２ＬＤＫ――いや、３ＬＤＫなんだろうか？　モノトーンを基調としながらディテールに凝《こ》っているのがわかる瀟洒《しょうしゃ》な内装、カーテンの開いた窓からの眺望は、さすがにここが三十八階であるということを納得させるほどに見晴らしがよい。

ふとテーブルの上を見ると、桐生が用意してくれたんだろうか、酒の肴《さかな》――というには上品な、チーズやサラダがのっている。凄《すご》いな、と僕がテーブルに近づき、まじまじとそれらを眺めていると、桐生がワイングラスを手にキッチンから戻ってきた。

「座ってろって言っただろ」

言いながら、僕の傍《そば》まで歩み寄り、テーブルにグラスを置く彼に、

「これ、お前が作ったの？」

尋ね返した僕は、あまりにも近くに来た彼を避けるように一歩後ろへと下がろうとした。が、一瞬早く彼は僕の背中へと腕を廻《まわ》すと、僕の身体を抱き寄せ囁いた。

「作ったんじゃない。買ったんだ」

「桐生……」

僕が何か言うより前に、唇が塞《ふさ》がれた。僕は彼の背へと両腕を廻し、彼のざっくりとした白いセーターを摑《つか》んだ。

桐生の舌が僕の口内で暴れ回り、それに応《こた》えようと舌を絡めにいくと、痛いくらいに吸い上げられた。激しいくちづけを与えながら彼は、益々《ますます》強い力で僕の背を抱き締め、ぴたりと身体を密着させてくる。

服越しに感じる彼の雄の熱さが僕をも高めていく。それに気付かれまいと身体を離そうとするのを見越したように、彼は僕の腰をしっかりと捕らえて自分の身体へと密着させると、すっと唇を離し僕へと囁きかけた。

「まずはベッドに行こう」

「……チーズが……乾くよ」

そう言いながらも僕は彼にしがみ付いていないと立ってさえいられなくて、彼のセーターの背をまた摑み直した。

「かまうもんか」

桐生は笑うと、そのまま僕の身体を抱き上げた。

「うわ」

記憶にある限り、人に抱き上げられたことなどない僕が、あまりに不安定な感覚に驚き、彼の首へとしがみ付く。

「前が見えないだろ」

あきれたように桐生はそう言うと、ほら、と抱き上げた僕の身体を揺すった。

「下ろせよ」

文字通り『地に足がつかない』状態に戸惑い、僕がそう言うのに、

「歩けないくせに」

桐生は意地悪く笑うと、歩けるよ、という僕の声など全く無視して大股でダイニングを突っ切り、僕を抱いたまま器用に玄関近くのドアを開くと部屋の中へと僕を運び込んだ。

モノトーン基調のその部屋は、壁が作りつけのクローゼットになっており、中央に大きなベッドがある以外、ベッドサイドに洒落《しゃれ》たスタンドがあるくらいで室内には何もない。

「……なんでベッドがこんなに大きいんだ」

思わずぼそりと呟《つぶや》いた僕に、

「お前がそれを聞くなよ」

桐生はそう言うと、僕の身体をその大きなベッドの上へとそっと下ろした。

「シャワーを……」

そのまま僕に覆《おお》い被《かぶ》さろうとする彼の肩の辺《あた》りに手をやり、彼を遮ろうとすると、

「それもあとあと」

桐生は僕の手を握り締めて下ろさせ、強引に身体を重ねてきた。再び唇が塞がれ、舌を絡められる。

そうしながら桐生は僕のシャツを捲《まく》り上げるとジーンズへと手をかけ、手早くファスナーを下ろして下着ごと一気に膝《ひざ》のあたりまで引き下ろした。露《あら》わになった僕自身を握り込み、親指と人差し指の腹で先端を擦《こす》り始める。

「……っ」

唇を合わせながら息を呑んだ僕を桐生は見下ろし、にやりと笑った。

「いくらでも声上げて大丈夫だぞ。防音だけはしっかりしてるからな」

「昼間っから……」

それか、と呆れた視線を向けた僕に、

「夜は夜景が綺麗だからな。それを見ながらまたやろう」

桐生はそう言うと、お前なあ、と溜《た》め息《いき》をつきかけた僕のシャツのボタンを上から順番に外して脱がせ、ジーンズも全部僕の脚から引き抜いて僕を全裸にした。

既に勃《た》ちつつある自分自身が恥ずかしくて、僕が身体を捩《よじ》ろうとするのを肩を抑えて制すると、桐生はそのままじっと僕を見下ろしてきた。

「なんだよ」

照れ隠しなのだが、ぶすりとした調子で呟くと、桐生は、いや、と苦笑するように笑ったあと、

「ベッドをな」

そう言ったきり口を閉ざして身体を起こし、手早く服を脱ぎ始めた。僕は彼の言葉の続きを待ちながら、彼の脱衣の様子をぼんやり見上げていた。

相変わらずの均整のとれた見事な肢体が、再び僕へと覆い被さってくる。じかに触れ合う肌の温かさに僕は軽く息を呑むと、彼の背中に自分の腕を廻した。

「ベッドを買うときにな」

桐生がそんな僕の顔へと触れるような細かいくちづけを落としながら囁いてくる。

「ん？」

なに、と薄く目を開けると、彼はまた何が楽しいのかくすりと笑った。

「ベッドを買うときに一番にお前のことを考えた。一緒に寝るにはどのくらいの大きさがい

いか、スプリングはこのくらいの軋《きし》みでいいのか……」

言いながら桐生がまた僕を見下ろし、その目を細めて微笑《ほほえ》んでみせる。

「実際にお前を寝かせてみると——なんだか感慨深いな」

「馬鹿」

その笑顔を見た瞬間、僕はやけにどきりとしてしまって、思わず悪態をつき、彼から目を逸《そ》らせた。

「顔が赤いぞ」

笑った桐生の唇が僕の唇を追いかけてくる。再び激しく舌を絡め合いながら、桐生は手を僕の背から脇腹《わきばら》、そして両腿《もも》へと下ろしてゆき、ゆっくりした動作で僕の脚を大きく開かせた。

キスだけで既に僕自身は硬くなっていて、身体をぴたりと合わせてきた彼が、やはり硬くなっていた彼の雄を擦り合わせるようにして動く、それだけで酷《ひど》く昂《たか》まってしまい、たまらず彼の首へと廻した手に力を込め、気付かぬうちに腰を浮かせてしまっていた。

彼の手が僕の後ろへと廻り、蕾《つぼみ》を探り当てるとそのまま指を挿入させてくる。その刺激に桐生の腹の下で僕の雄がまたびくん、と大きく脈打った。唇は重ねたまま、桐生が僕の後ろをゆっくりと指でかき回し始める。

前を擦り合わせるようにしながら後ろを弄《いじ》られるうちに僕の息はすっかり上がり、息苦しさを覚え始めた。少しでも多く空気を吸おうと彼の唇を避けたいのに、桐生はそれを許してくれずに、僕の唇を貪り続ける。

「……きりゅ……」

思わず僕が彼の名を呼ぶと、桐生は手の動きは止めずに、唇を僅《わず》かに離して、少し掠《かす》れた声で尋ねてきた。

「なに？」

「息が……っ……できな……っ」

後ろを攻め立てる彼の指の動きに、最後は悲鳴のような声を上げてしまった僕に、

「悪い」

桐生は笑ったあと、唇をそのまま僕の首筋へと落とし、軽く吸い上げながらだんだんと上の方へと移動させていくと、熱い舌を僕の耳の中へと挿し入れてきた。

「……っ」

耳にも性感帯があるのだろうか、彼が舌で立てる濡れた音が頭の中で大きく響く。それだけでもなんだかたまらない気持ちになってしまうのに、軽く耳朶《じだ》を噛《か》まれ、僕は抑えられずに小さく声を漏らしてしまっていた。

「我慢するなよ」

桐生が囁きながら、僕の後ろに入れた指を三本に増やし、しつこいくらいに奥の方までか

き回す。

いつの間にか僕はその動きに合わせて自ら腰を浮かせていた。もどかしさが僕の身体を動かし、僕に覆い被さっている彼の背につい脚を絡めてしまうと、

「我慢は……してないか」

桐生は笑って、「待ってろ」と僕の後ろから指を引き抜いた。

その手で僕の脚を背から外させると、更に大きく僕の脚を開かせ、ひくひくと細かく震えながら彼の雄を待ちわびているそこに、望みどおりのものを与え始める。

「あ……っ」

散々指で慣らされたそこは、猛《たけ》る彼自身をずぶずぶと飲み込み、漸《ようや》く得ることが出来たその質感に僕は思わず小さく悦びの声を漏らすと、接合を深めようと再び彼の背に自分の脚を絡めた。

「……積極的だな」

くすりと笑いながらも、僕の中で桐生の雄がどくりと脈打ったのがわかった。桐生が僕の両脚を抱え直し、激しく腰を動かしはじめる。

「……っ」

奥の方まで突き上げられるその動きに、僕はまた短い悲鳴を上げていた。互いの身体の間にある僕自身も既にその先端から白濁の雫《しずく》を滴《したた》らせはじめている。

と、桐生は僕の脚から片手を外すと僕自身を握り込み、激しく扱き上げてきた。それが後ろへの突き上げと相俟《あいま》って僕の理性の箍《たが》を外させ、気付けば大きな声を上げながら僕は彼の手の中で達し、次の瞬間に達した彼へと両手を伸ばしていた。

その手に応えるように、彼が僕の身体をきつく抱き締めてくれたことに何にも代えがたい充足感を感じ、僕は彼の胸で大きく息を吐き、汗ばむその胸に頬《ほお》を寄せた。

少し身を起こすと桐生は僕の頬に、瞼《まぶた》に何度も軽いくちづけをおとしてくれる。僕は彼の背中を抱きしめながら、その優しい唇の感触の心地よさに自然と笑みを漏らしていた。

「……なに?」

問い掛けながらも、彼は僕へのキスをやめない。今日は前戯も随分長かったし、終わったあとも、以前のように僕の身体を放り出すなんてことはせずに、こうして優しさを以《もっ》て僕を抱き締めてくれている。

行為自体の力強さに加えて、前戯も後戯もこんなに充実している彼がもてないわけがないな、と僕は思い、それを彼へと伝えると、

「何を言っているんだか」

桐生は呆れたように笑っていたが、不意にいつもの意地悪い顔になり僕を見下ろしてきた。

「勘違いするなよな」

「勘違い?」

一瞬、僕の頭に以前彼から受けた酷い仕打ちが蘇《よみがえ》り、思わず身体が強張《こわば》る。と、桐生はにやりと笑って、

「『後戯』をやるのはまだ早い……このままもう一回やろうぜ」

その雄を僕の中に挿入したままになっていたことを強調するように、ゆるりと腰を動かしてみせたのだった。

結局そのあと二回、彼は僕の中で達した。同じ回数だけいかされた僕はもう起き上がるのも億劫《おっくう》なくらいに疲れ果て、精液に塗《まみ》れた広いベッドの上でごろりと寝転びながら、窓の外、東京湾に沈んでゆく夕陽を見つめていた。

「腹が減ったなあ」

隣で寝ていた桐生がぼそりと呟きながら、僕の身体を抱き寄せてくる。

「…………」

減ったは減ったが、とても食べる気力がない。桐生はそのまま僕の身体を後ろから抱き締めると、手を前へと伸ばしてきてやんわりと僕自身をその手に握り込んだ。

「……もう……」

無理、と僕が首を横に振ると、

「期待するなよ」

桐生は意地悪く笑い、僕の顔を覗《のぞ》き込む。

「期待って……」

あのなあ、と溜め息をつく僕の身体を抱き締め直しながら、桐生が僕の耳へと唇を寄せてきた。

「なあ」

「なに？」

彼の方を振り返るのも億劫で、僕は前を向いたままで彼の次の言葉を待った。

「一緒に暮らさないか」

ぽつりと呟かれた言葉に、僕は心底驚き、慌てて身体を返して彼の顔を見た。桐生は僕と目が合うとバツの悪そうな顔をしてふいと目を逸らせてしまった。

それをいいことに、僕はまじまじと彼の顔を眺め続けた。

端正なその顔——常に自信に溢《あふ》れて、時には僕を見下すような表情を浮かべさえするその顔が、今はやけに頼りなく、なんというか、可愛《かわい》くさえ見えてしまう。

『生まれて初めて執着を覚えたのが——お前だ』

あれは僕を好きだという告白だったのだと思う。数え切れぬほどに身体は重ねてきたけれども、そしてその大半が彼に言われるがままに無理やり身体を開かされていただけだったのだけれど、その行為が彼の僕を思う気持ちに裏打ちされていたものだとわかった瞬間、僕は自分で自分の気持ちがわからなくなってしまったのだった。

嫌々抱かれていたはずなのに、彼が目の前からいなくなると思ったときに僕は酷く動揺してしまい、思わず彼のもとへと走っていた。

その場で彼の気持ちを伝えられ、彼が会社を辞めたあとも頻繁に電話のやりとりをしたり、そして今日、こうして彼を訪ね、再び彼に抱かれたりしているわけなのだけれど——。

『一緒に暮らさないか』

桐生は本当に僕のことを好きだと——思っていいのだろうか。

「お前は飽きっぽいからな……」

思わず溜め息混じりに僕はそう呟いていた。途端に桐生はむっとしたような顔になり僕を睨《にら》み付けてくる。

「どういう意味だよ」

「……同じ女と、ひと月もったことがないんだよな」

言いながら僕は、これじゃあまるで、桐生と付き合っていた女と同じ立場でものを言ってるようじゃないかと一人自己嫌悪に陥りそうになった。『一ヶ月で僕を捨てないで』と言ってるようなものだからだ。

「お前は男じゃないか」

桐生はそう笑うと、手の中にある僕自身を握り直した。

「いや、そういう意味じゃなくて…」

性別がどうこうというのではなく、僕は――。

「好きなんだ。ずっと一緒に居たいんだよ」

桐生は――僕が一番聞きたかったその言葉を囁くと、僕自身を離し、身体を抱き締めてきた。

「桐生……」

僕もゆっくりと腕を上げ、彼の背中を抱き締め返す。

「好きだ」

桐生は再びそう言うと、僕の唇を自分のそれで塞いだ。ゆったりとした優しいキス。

僕は――。

そう、今は僕自身が、こんなにも彼を失いたくないと思っていた。

僕を抱き締める桐生の手に力が籠《こも》ってくる。僕の腹にあたる彼自身が再び熱く形を成してきたことに気付いて、僕は彼から身体を離そうと腕をほどき、彼の胸に手をついた。

「なに？」

桐生が唇を離して僕を見下ろしてくる。ふと僕の中に悪戯《いたずら》心が芽生えた。

「やっぱり……やめとこう」

「なにを？」

僕は不審そうな顔をした桐生の、既に勃ちつつある雄へと視線を向け、にやりと笑ってこう言った。

「一緒に暮らしたら……僕の身体がもたない気がする」

「……やな感じだなあ」

桐生はむっとしたような顔をしたが、それが演技であるのは、僕を抱き寄せるその手の優しさからすぐにわかった。

「お仕置きしてやる」

桐生の唇が落ちてくる。僕はうっすらと自分も唇をあけて彼の唇を受け止めると、再び目を閉じ、彼とのくちづけに酔おうとした。

と、桐生がそろそろと僕の背に廻した手を下ろしてきたかと思うと、僕の後ろへと指をまた挿し入れようとしてきた。唇を塞がれていた僕は慌てて、もう出来ない、と目を開いて彼を見上げ、首を横に振ってみせる。

彼はにやりと笑いながら唇を離すと、

「お仕置きしてやるって言っただろ」

と囁き、

「うそっ」

思わず声を上げた僕の両脚を思い切りその場で開かせたのだった。


「な。夜景がまたいいだろ？　この景色でここを選んだようなものだからな」

リビングダイニングの大きな窓辺に立ちながら、桐生が自慢気に僕にそう話し掛けてくる。

「……確かに」

ダイニングの背の高い椅子に座っているのもつらくて、結局床暖房の効いているフローリングの上に毛布に包まれるようにして座り込みながら、僕は嫌々そう相槌《あいづち》を打ったが、目は眼下に広がる光の海に釘付けだった。

お台場の観覧車まで見える素晴らしい眺望。遠くに飛行機の尾灯が見え、東京の素晴らしい夜景がこの窓枠の中に収まってるといってもいいくらいに綺麗だった。

が、僕の体調のほうは最悪だった。結局あれから散々桐生に嬲《なぶ》られて、文字通り精も根も尽き果ててしまった、という感じだ。

彼の言葉やその腕の優しさについつい忘れていたが、もともとこいつはサドッ気があったんじゃなかったかと思い出し、僕は夜景と一緒にその前に佇《たたず》む彼の後ろ姿を見ながら小さく溜め息をついた。

「これだけ高い建物がまだ周りにないからな。カーテンを開いていても余所《よそ》から覗かれる心配がないのがまた魅力なんだ」

桐生は言いながら、僕のほうへと近づいて来て、傍《かたわ》らに腰を下ろすと僕を毛布ごと抱き寄せてきた。僕は本能で危険を察知して、思わず彼の胸に手をついて身体を離そうとした。はらりと毛布がはだけたその下に、僕は何も身に着けてなかった。とても服を着る気力がなかった僕を、毛布ごと彼が「食事にしよう」とここへと運んでくれたのだ。

「覗かれて困るようなことはしないでおこうな」

思わずそう予防線を張る僕に、

「だから覗かれる心配はないんだって」

桐生は笑うと、そのまま強引に僕を抱き寄せ、床へと押し倒してくる。

「……絶対もう無理」

「冗談だよ、冗談」

真剣すぎる僕の顔が可笑《おか》しかったのだろう。桐生はぷっと吹き出すと、僕を抱き起こし、後ろから抱き締めるようにして僕が座るのを支えてくれた。

「こうして一緒に夜景を見られるだけで、もう満足だ」

そのために窓の方を向かせてくれたのだろう、桐生が囁いてくる声に小さく頷《うなず》きながら、僕は目の前に広がる素晴らしい眺望に目を奪われ、言葉を忘れて見入ってしまった。

「好きだ」

桐生が低く囁く声にも僕は小さく頷いて、無言のまま彼の胸へと身体を預け、美しい夜景を彼と共に眺め続けた。

by myself

ああ、酔っ払っちゃったな、と僕は大きく溜《た》め息《いき》をついた。足元がふらふらする。

久々に体育会系接待に出てしまい——最後は部長までもがイッキの嵐だった。関西系のあのメーカーはいつもそうなのだ——漸《ようや》く三次会が終了し、部長をタクシーに乗せ終わったところだ。

なんとかタクシーチケットを死守したので、さて、これから帰ろうか、と腕時計を見て憂《ゆう》鬱《うつ》になった。既に午前二時を廻っている。

寮まで帰った時点でほぼ三時、それから風呂に入って寝て、七時前には起きて——何故に会社の独身寮が千葉の外れにあるのだろう、と僕は今更のことに深く溜め息をついた。

銀座《ぎんざ》から車で一時間はかかる僕の寮は、設備も古く壁も薄い。だから桐生《きりゅう》が僕に悪さをしていた頃は本当に声が漏れたらどうしようと気が気ではなかった——と、僕は桐生のことを思い出し、思わずその場に佇《たたず》んで空を見上げてしまった。

ここは銀座。彼のマンションのある築地《つきじ》までは歩いてさえ行ける距離である。

彼のマンションには、五、六回遊びに——というか、泊まりにいったことがある。その度《たび》に彼は「一緒に暮らそう」と、あまりにも誘惑的な囁《ささや》きをしてくるのだが、本当にこんな夜は築地の彼の家の立地条件が羨《うらや》ましい。

最近は忙しいのか、全然連絡を取り合ってないな、と僕はぼんやり思いながら歩き始めた。最後に電話を貰ったのは十日ほど前になる。これから新規プロジェクトにかかりきりになるので当分会えないかもしれないという簡単な電話だった。

『会いたくなったらウチで待ってろ』

桐生は笑って電話を切った。僕ははじめて彼のマンションを訪れたときに「いつでも来い」と、その部屋の合鍵《あいかぎ》を貰《もら》っていたのだったが、勿論《もちろん》彼が「会おう」といったとき以外には、彼の部屋を訪れたことはなかった。

別に彼に『会いたく』ならない、というわけではない。どちらかというと、こうして飲んだときなど、たまらなく彼に会いたくなる。それなのにまるで意地を張っているかのように、僕が自分から彼に会いに行かないのには理由があった。

僕は――怖かったのだ。

桐生が怖い、という意味ではない。僕は――自分自身が怖かった。

彼と会うときには必ずといっていいほど、僕は彼に抱かれた。何度も何度も、それこそ腰が立たなくなるくらいにいつも彼に突き上げられ、最後は僕が真剣に悲鳴を上げかねないくらいに彼は激しく僕の身体《からだ》を欲した。

それが嫌なんじゃない。そうなることを何時《いっ》の間にか、僕自身も求めているということにある日気づいたとき、たまらなく自分自身が怖くなってしまったのだった。

僕は桐生のことが好きだ。彼に力で捩《ね》じ伏せられて始まった二人の関係ではあったけれど、今では僕は彼の、意地悪なふりをしながら実は僕のことを誰より気遣ってくれているところとか、優しいことを言おうとして照れて頬《ほお》を密《ひそ》かに紅《あか》く染めるその仕草とかを、たまらなく愛《いと》しく思っていた。

愛しく思う彼に抱かれるからこそ、僕はより貪欲《どんよく》に彼を求めるのであるし、桐生もそう思ってくれているからこそ、あれほどまでに僕を求めてくれるのではないか。そう思いながらも、僕は彼の力強さを求める自分自身への恐怖を捨て去ることが出来なかった。

それは同時に、将来に対する不安、と言い換えてもよかった。この先彼を失ってしまったとしたら、一人では生きていかれないかもしれない——そんなことを自分が考えるようになったことが、僕は自分でもショックだった。

彼の腕を失ってしまったとき、喪失感に耐えられなくなるだろうということはあまりにも簡単に予測できた。男のくせにそんなことを恐《おそ》れている自分が厭《いと》わしかったし、一体自分はどうしてしまったのかと恐ろしくもあった。

そうして自分を怖がるあまり、僕は意識的に桐生と距離をおくようにしていたのだ。別れたときのことを考え、今から彼のいない毎日に自分を慣らしていこうだなんて、よく考えたら——よく考えなくても——馬鹿馬鹿しい行為だと思う。が、彼に抱かれ、身体の全て、脳の全てが滾《たぎ》るような熱い夜を過ごした後には、僕の不安は益々《ますます》高まった。

彼に惹《ひ》かれれば惹かれるほど、僕は意識的に彼を遠ざけ、彼から連絡があるまでは自分からは連絡を入れなかったし、彼から誘われるまではベッドにも向かわなかった。

そんな僕を彼が物足りなく感じていることはなんとなくわかったが、どうしても彼に溺《おぼ》れ込むことは、僕には出来なかったのだ。


その桐生から連絡が途絶えて十日——僕は不意に彼に会いたくてたまらなくなってしまった。

毎日、携帯の着信履歴をチェックしては、彼の番号がないことに落胆している自分を誤魔《ごま》化《か》し続けたこの十日は、僕にとっては苦行のように長かった。それなら自分から電話をすればいいものを、忙しい桐生に迷惑をかけてはいけない、というのを言い訳に僕は何度も携帯を開いては、結局かけることが出来ずにいたのだ。

会いに行ってしまおうか。

そう思ったとき、僕はすでに自分が無意識に晴海《はるみ》通りを築地に向かって歩いていることに気づき、一人笑ってしまった。身体の方がよっぽど正直だ。僕は自分が泥酔しているのをいいことに、この勢いで桐生のマンションを襲撃してやろう、と築地の五十二階建ての高層マンションに向かって歩き始めたのだった。

オートロックの開け方は聞いていたが、一応呼び鈴《りん》を鳴らしてみた。誰も出る気配がない。時計を見ると午前二時半——こんな時間だ、寝ているのかもしれない、と僕は中へと入り、エレベーターに乗った。

エレベーターが上昇するのに反比例するように、僕の気分は沈みだんだんとここへ来てしまったことを後悔していった。

事前に連絡をするでもなく、いきなり「来ちゃった」攻撃じゃないが——いや、まさに「来ちゃった」攻撃なのだが——桐生は一体僕をどう思うだろう、と考えるとなんだかこのまま帰ろうかな、という気にすらなってくる。

それでも三十八階に到着し、桐生の部屋の前に立つとやはり彼に会いたい気持ちのほうが勝って、僕はもう一度そこで呼び鈴を押してみた。

返答は——ない。

寝ているのか、まさかまだ帰っていないのか。僕は何度か呼び鈴を押したあと、意を決して持っていた合鍵を鍵穴へと差し込んだ。ガチャリ、という音とともに、ドアが開く。

「桐生？」

小さな声で呼びかけながら、僕は真っ暗な室内にそろそろと入っていった。

部屋の中は冷え切っていた。まさかこんな時間にまだ帰っていないのか？　と僕は電気を点《つ》けてリビングに入り、ヒーターのスイッチを入れてみる。

室内は綺麗に片付いていて、まるで生活の匂《にお》いがしなかった。きっと桐生はここへは帰って寝るだけの毎日が続いているに違いない。まさか本当に留守だとは思っていなかった僕は、まるでコソ泥のように足音をしのばせながらリビングを突っ切って、桐生のベッドルームへと向かった。

ドアを開くと空気が籠《こも》ったような匂いがする。ここにはさすがに桐生の気配が感じられるな、と僕は部屋の真ん中にあるキングサイズのベッドに腰掛け、周囲を見回した。

ワイシャツが床に脱ぎ捨てられているのが桐生らしくない。こんな夜中に帰宅していない彼のこの十日間は本当にハードだったのかもしれない。僕はそのワイシャツを拾い上げ、ランドリーボックスまで持っていってやった。

何度か泊まるうちに、クリーニングに出す用のランドリーボックスと、自分で洗う用のボックスがあることを知った。シーツはさすがにクリーニングに出す勇気はないな、と桐生は苦笑しながら二人の精液に塗《まみ》れたそれを手前のボックスに投げ入れていたっけ。

会いたいな、と僕はまた彼の顔を思い出し、溜め息をつくと寝室へと戻った。

暫《しばら》くぼんやり座っていたが、だんだんと酔いが回ってきてしまって僕は座ったまま転寝《うたたね》を始めてしまっていた。これじゃあいけない、と僕はもう、ここまで来ちゃったんだからどうでもいいか、と半ば自棄《やけ》になりつつ、明日のことを考えてスーツを脱いで床へと畳んで置き、ワイシャツも脱ぎ捨てると、Tシャツとトランクスだけになって桐生のベッドに潜り込んだ。

とりあえず寝ておかないと明日が辛《つら》すぎる。布団を被《かぶ》った途端、僕の周囲を桐生の匂いが包み、僕は思わず胸一杯にそれを吸い込もうとして、息を大きく吸い込んでみた。

会いたいな、とまた思ってしまい、僕はシーツに顔を埋《うず》めた。

彼は元気にしているのだろうか。桐生の匂いが僕を包む。こんな時間まで、彼は一体何処《どこ》で何をしているのだろう――。

「桐生」

桐生の匂いに包まれながら、僕は思わず彼の名を呼んでいた。知らぬ間に僕の手が自分の股間へと向かっていく。

「桐生……」

僕を包み込む彼の匂いが僕をその気にさせたのだと思う。何より僕は酷く酔っていた。

――今更何を言っても言い訳にしかならない。

僕は――彼が欲しかったのだ。

「桐生……」

僕はそろそろとトランクスを膝《ひざ》まで下ろすと、自分自身を握った。横を向いて、シーツに顔を埋め、彼の匂いを胸一杯に吸い込みながら、僕はゆっくりとそれを扱《しご》き始めた。

「桐生……」

次第にピッチを上げながら僕は彼の顔を思った。その手の力強さを、引き締まった胸の筋肉を、僕を突き上げるその雄を――彼の匂いは僕に彼の色々な部分を思い起こさせ、僕は息を乱しながら自分を扱き続けた。

「……っ」

まずい、このままではシーツを汚してしまう、と一旦手を止め、その辺にティッシュはなかったか、と身体を起こしかけたそのとき、いきなり部屋の灯《あか》りがついた。

「長瀬《ながせ》」

ぎょっとして顔を向けた部屋の入り口で、心底驚いたような顔をして、桐生が電気のスウィッチに手を置いたまま、立ち尽くしている。

「桐生……」

僕は思わず、布団の中に手を入れ、トランクスを引き上げようとした。そんな僕の不自然な動きに気づいた桐生が大股で近づいてきたかと思うと、ばさっと勢いよく掛け布団を僕から引き剝《は》いだ。

「……何をしているのかな？」

にっこり、とわざとらしい微笑で、桐生が僕の下半身を見つめている。なんとかトランクスの引き上げは間に合ったものの、僕のそれが勃《た》ちきってるのは一目瞭然だった。なんたる失態、なんたる恥辱《ちじょく》――まさか自慰の最中を、その名を呼んでいた本人に見られるなんて――。

「お邪魔してます……」

我ながら間抜けな挨拶《あいさつ》と思いつつ、他に言いようがなくて僕は彼に頭を下げた。

「……会いたくなったらいつでも来いとは言ったが……」

桐生が苦笑し僕を見下ろす。

「ごめん」

僕は頭を下げながら、やっぱりやめておけばよかった、と酔っているのを言い訳にした自分の軽はずみな行動を心から悔い始めていた。

「……馬鹿」

桐生はそんな僕の身体に腕を回して半身を起こさせると強引に抱き寄せ、布越しに僕自身を握り締めた。

「来るのは構わんが……一人でやるなよ」

「……ごめん」

人様の部屋の人様のベッドで、自分は一体何をしていたのかと、穴があったら入りたいくらいの羞恥心《しゅうちしん》に苛《さいな》まれながら、僕は桐生の肩に顔を埋めた。

「謝るなって」

桐生はまた苦笑し僕の身体を引き剝がすと、そのまま唇を重ねてくる。貪《むさぼ》るように互いに舌を絡め合い、会えなかったこの十日間を埋めるかとでもするかのように、僕はきつく彼の背を抱き締め、彼も僕を力強く抱き締め返した。

僕の勃ちきったそれは彼と僕の体の間に挟まれ、布に擦《こす》られる感触に今にも達しそうになっている。このままでは彼のスーツを汚しかねない――というか、汚すのは自分のトランクスだろうが――と僕は彼から少し身体を離そうとその腕の中でもがいた。

「会いたかった」

唇を僅《わず》かに離しながら、桐生が僕に囁いてくる。

「会いたかったよ」

思うより先に僕も彼にそう囁いていた。

本当に――会いたかったのだ。彼と会えない十日は僕には長すぎた。会えないだけじゃない、声も聞けない、まったくその気配を感じることの出来ないこの十日間――僕は彼のことばかり考えていたかもしれない。

「待ってろ」

桐生はそういうと、手早く服を脱ぎ始めた。僕も自分でTシャツとトランクスを脱ぐと、そのまま布団に潜り込んだ。全裸になった桐生が僕の横に滑り込んでくる。

「……ご褒美かな」

くす、と笑いながら桐生が僕の肩を抱き寄せてきた。

「ご褒美？」

僕は彼の上で腹ばいになり、手を彼自身へと伸ばしていった。

「そう……毎日毎日、こんなに遅くまで真面目《まじめ》に働いていたご褒美かな」

桐生は僕が扱き上げるのに任せながら、背中から腰へと手をすべらせる。

「こんな時間まで……って……っ」

思わず僕が息を飲んでしまったのは、彼の指が僕の後ろに捻《ね》じ込まれたからだ。ゆるゆると指を動かしながら、桐生は言葉を続けた。

「ほんと……今回はキツかった。さっきなんとか目処《めど》が立って……明日のプレゼンで多分決定だ。毎日毎日、これがひと段落ついたら、お前に電話をしようとそればかり考えていた。まさか今日、お前から訪ねて来てくれるなんて、夢でも見てるのかと思ったよ」

桐生は今日は何故か雄弁だった。そして何故か素直だった。彼の疲労がピークに達していたからかもしれない。そんなに疲れてるのにこんなことをしていていいのだろうか、と僕は思わず彼を握る手を止めてしまった。

「……なに？」

相変わらず僕の後ろをその指でゆっくりとかき回しながら、桐生が僕へと囁いてくる。

「……疲れてるんじゃないか？」

僕は彼の手を避けるように身体を捩《よじ》り、彼の上から降りようとした。

「疲れてるよ」

彼は僕の背中へと片手をやるとまた僕の身体を自分の上に引き戻す。

「……なら……今日は止《や》めよう」

僕はそう言うと、強引に彼の上から身体を下ろした。

「……また一人でやろうっていうんじゃないだろうな？」

桐生も強引に僕の身体を引き寄せる。

「それを言うなよ」

意地悪だな、と僕は彼の胸に軽いパンチをくれてやった。

「勿体《もったい》ないなあ」

言いながらも桐生はやはり疲れていたのか、それ以上のことはせず、ただ僕の身体を抱き締めた。

「明日のプレゼンで決まるんだろ？　そしたらまた、明日来るよ。お祝いしてやる」

我ながらいいアイデアだ、と思いつつ、僕は彼の唇に自分の唇を重ねた。

「あ、でも、会社の人たちとお祝いするなら気にしないでくれていいよ」

そう言う僕に、

「お祝いねえ……」

彼は笑って僕の尻を摑《つか》むと、僕の下半身を自分の方へと引き寄せた。

「それじゃ、明日全身全霊をかけて奉仕でもしてもらおうか」

「御意のままに」

僕もふざけて笑い、身体を動かして互いの雄をぶつけ合う。既に彼の雄は勃っていて、僕のそれが触れる度にどくどくと脈打ってるようだった。勿論僕自身もその状態で、二人思わず顔を見合わせ、互いのそれを眺め合う。

「……やっぱりやろうか」

にやり、と笑って桐生は掛け布団を剝ぐと、僕を仰向《あおむ》けに寝た彼の身体の上に座らせた。

「……明日のプレゼン……知らないぞ」

自分ももう我慢できないでいるくせに、僕はわざとらしくそう言って彼を見下ろし、軽く睨《にら》んでみせた。

「……今日はラクさせて貰おう」

桐生が、目で僕に挿《い》れろ、と示してくる。わかった、と僕は頷き勃ちきった彼の雄に手を添えると、自分の後ろにそれをゆっくりと挿入させていった。彼の上に腰を落としきったとき、自分の中にしっかりと感じる彼の存在に思わず僕は小さく吐息を漏らした。

「動けよ」

桐生が少し腰を突き上げるようにして僕を促す。僕はうん、と頷いたあと、自分の感じるところを狙って腰を動かし始めた。

後ろを締め付けるようにしながら激しく腰を動かすと、彼が僕の下で低く唸《うな》るのが聞こえ、その声に僕は益々欲情してしまってまた激しく腰を動かしてゆく。

僕が上になることなど滅多にないので、はじめはぎこちなかった動きも、次第に我を忘れていくうちに自分でも驚くほどに激しくなっていった。

「……っ」

彼がまた低く声を漏らしながら、僕の両手を掴む。なんだろう、と目で問うと、彼はにやりと笑って僕の手を僕自身へと向かわせた。

「さっき……見損なったからな……っ……見せてくれよ」

桐生はそう言って、僕の両手に手を添え、僕の雄を握らせる。

「ひど……」

僕は彼を睨みながら、何故か自分が酷く昂《たか》まっていくのを感じていた。腰を上下させながら、僕は自身を握り込み、ゆっくりと扱き上げ始めた。

扱くまでもなく勃ちきっていたそれは、僕が少し擦り上げただけでもう、ぬるぬるに濡れてしまっていた。これでは直《す》ぐに達してしまう、と僕が手を休めようとすると、彼の手が僕の手を覆って扱き続けさせようとする。

「もう……っ」

出る、と言いながら僕は一段と激しく自身を扱き上げ、堪え切れずに自分の手の中に精を吐き出してしまっていた。それを受けて収縮する後ろに刺激されたのか、桐生も僕の中で達したようで、僕達は互いに息を乱しながら、目を見交わして笑い合った。

「……ラクさせてもらった」

桐生がそういいながら、僕の両腕を引き寄せてくる。まだ大きく上下している彼の胸に倒れ込みながら、僕は自分でも驚くほど積極的に、彼の唇を求め貪るようなくちづけを彼に落としていった。


結局そのあと僕達はすっかり興奮してしまい、二度も互いに達してしてしまった。

「あと二時間しか寝られない」

彼は零《こぼ》しながらも、僕の身体をぎゅっと抱き締め、肩に顔を埋めてきた。

「……プレゼン……大丈夫かなあ」

桐生に限って大丈夫とは思うが、失敗でもしたら責任を感じてしまう。

「……失敗したら慰めて貰うさ。それこそ誠心誠意、全身全霊をかけてね」

「今日だってこんなに奉仕したじゃないか」

呆れたようにそう言った僕の呟きなど桐生は全く聞こえないふりをして、

「最近大人《おとな》しいセックスばっかりしてたからなあ。たまにはいろいろ試してみようか」

などと恐ろしいことを言ってくる。

「お前が言うと冗談に聞こえないんだよなあ」

そうして溜め息をつく僕の身体を桐生は再びぎゅっと、愛しげに抱き寄せてくれたのだった。


当然——といっていいのだろう。桐生はプレゼンを成功させ、社内の役職をまた一つ上げたらしい。勿論僕は『全身全霊をかけ、精魂込めて』彼に奉仕をさせられることになった。

相変わらず僕は彼に対して漠然とした恐怖というか不安というか——を抱えてはいたけれど、彼に自慰を見られてしまったからだろうか、前よりは余程素直に彼に接することが出来るようになった。

桐生は僕の変化に敏感に気付き、最近ではことあるごとに「一緒に暮らそう」と口説いてくる。それもいいかもしれないな、と僕の心は今やそちらへと傾き始めていた。

First Love

「やっ……あっ……あっ……」

低く抑えていた長瀬《ながせ》の声が、次第に大きく高くなってゆく。警備員の見回りの時刻にはまだ十分ほど余裕があるものの、それでも声が外に漏れる危険はあるか、と俺は律動のスピードを緩め、長瀬の尻をペシ、と叩《たた》いた。

「声が漏れるだろ」

「……あっ……」

長瀬がはっと我に返った顔になったあと、「ごめん」と小さく詫《わ》び、唇を嚙《か》みしめる。従順であることこの上ないが、その『従順』が俺への脅威からきているのは明白だった。彼の瞳には常に怯《おび》えの色がある。

深夜残業を中断し、俺が手を引くままにこうして応接室までついてくるのも、脱げと命じれば大人《おとな》しく服を脱ぐのも、俺を恐れているがゆえだと思うと苛立《いらだ》ちが募る。

「……やっ……」

今夜も苛つくままに長瀬の片脚を無茶なくらいに高く持ち上げ、肩に担ぐいわゆる『松葉崩し』という体位を取らせ、ぎょっとしたように目を見開いた彼にかまわず、その奥底へ己の雄をぶち込んでいく。

「あっ……」

辛《つら》い体勢が彼を昂《たか》めたのか、注意したばかりだというのに彼はソファの上で高く声を上げ、大きく身体《からだ》を仰《の》け反《ぞ》らせた。

「あっ……あぁっ……もう……っ……ああっ……もうっ……」

下肢だけ全裸に剝《む》いた彼が、快楽に我を忘れて身悶《みもだ》える姿は実に煽情的《せんじょうてき》で、俺も我慢が利《き》かなくなる。

そろそろ警備員の巡回時間も近づいていることだし、と、俺は先走りの液を零《こぼ》している長瀬の雄を握りしめ、一気に扱《しご》き上げてやった。

「あぁっ……」

長瀬が一段と高く声を上げ、俺の手の中で達する。

「……っ……」

射精を受け、彼のそこが俺をきゅっと締め上げた、その刺激に俺も達し、彼の中に精液を放っていた。

「……あ……」

はあはあと息を乱す長瀬の目の焦点は合っておらず、酷《ひど》く潤んだ瞳をしている。その瞳も、紅潮した頰《ほお》も、嚙みしめていたせいで紅《あか》くなってしまった唇も、これでもかというほどに俺をそそる色香を立ち上らせていて、思わず文字通り『ふるいつきたくなる』長瀬の美貌にいつしか俺はぼんやりと見入ってしまっていた。が、俺の視線を感じたらしく、長瀬がふと俺を見た、その瞳の中に恐れの色を見出《みいだ》した瞬間、俺の中に憤りが芽生え、彼の身体を押しやり、立ち上がった。

「……あっ……」

長瀬がびく、と身体を震わせ、ソファの上で身を捩《よじ》る。

「なんだよ、まだしたいのか？」

もぞ、と下肢を捩る彼を揶揄《やゆ》すると、長瀬は恨みがましく俺を見上げ、

「したくないよ」

と呟《つぶや》いた。

「そろそろ起きろよ。警備員の巡回の時間だ」

「……うん……」

頷《うなず》き、長瀬がのろのろと身体を起こす。服を身につけ、立ち上がった彼がそそくさと部屋を出ていくのは、トイレで『後始末』をするためだろう。

「…………」

俺の支度は自身を仕舞い、スラックスのファスナーを上げるだけなので数秒で済むが、彼の『後始末』には——俺が中出しした精液をかき出し、服装を整え、火照《ほて》った頬を冷やして

戻ってくるには、数分かかるだろう。

その間に俺は『使わせて』もらった応接室の後始末を――不埒《ふらち》な目的で『使った』ことがバレないか、一応のチェックをするのが常だった。

今日もソファを見やり、まあ、この程度の乱れは大丈夫かと思いながらも、背にかかったレースのカバーが斜めになってしまっているのを手で直す。まだ長瀬が帰ってくるまでには時間があるなとソファに腰掛け、ポケットから取り出した煙草《たばこ》を咥《くわ》えて火をつけた。

「…………」

何気なく手を下ろしたソファのクッションには、長瀬の温《ぬく》もりが残っている。初めて彼を抱いたのもこの応接室だった。

そういえば彼と初めて会話を交わしたのはどこだったか、と思い出そうと、紫煙《しえん》を吐き出した俺の脳裏には、あの日の彼の――長瀬の屈託のない笑顔が浮かんでいた。

俺が長瀬を初めて見たのは、就職前の役員面接の会場だった。OB訪問したその日のうちに内定は出ていたものの、体裁は整えたいので是非《ぜひ》、役員面接はしてほしいという連絡が会社から入り、他の学生たちと同様に翌日、本社の役員フロアに来るようにという指示があった。

　商社にとって、理系院卒は喉《のど》から手が出るほど欲しいということで、交通費も出るという。実は同業他社――それも業界最大手といわれる社、だ――からも是非ウチにと内定が出ていたこともあり、半分くらいは断るつもりで役員面接に向かった。

　会社に到着すると人事課長自ら出迎え、役員フロアへと案内してくれた。

「申し訳ないけれど、次の回だから、少し待っていてくださいね」

　これでもかというほどの腰の低さを見せるこの課長も、入社が決まればどうせ、俺にこうもぺこぺこ頭を下げたことなど忘れて居丈高になるのだろう。『釣った魚に餌《えさ》はやらない』――という比喩は少し違うか、と苦笑したとき、前の回の面接者が部屋から出てきた。

「…………」

　随分緊張しているらしいその顔を見たとき、綺麗な男だな、と思わず俺は見惚《みと》れてしまった。男に『綺麗』などという感想を持ったことはなかったが、そう表現するしかない顔形をその学生はしていたのだ。

「桐生《きりゅう》君、どうぞ」

　傍《そば》に控えていた人事課長が、俺を部屋へと促す。

「あ、はい」

　立ち上がり、面接会場である役員応接に向かうとき、彼も――その綺麗な顔の学生も、ち

らと俺を見た気がした。

二人の目が一瞬合う。

「…………」

同じ会社を受けにきた者同士、頑張ろう、という意味なのか、その美形はにこ、と小さく笑うと軽く会釈《えしゃく》をして寄越した。俺もまた会釈を返し、室内へと足を踏み入れる。

面接内容はあまりにくだらなくて部屋を出た瞬間には忘れたが、なぜかあのとき擦れ違った綺麗な学生のことは俺の記憶に残っていた。

「今日はどうもありがとう」

人事課長が俺に交通費を手渡してくれたとき、俺はさりげなくこの役員面接ではどのくらいの人数が受かるのかと彼に問うてみた。

「九割かな。余程のことがないかぎり、役員面接では落とさないよ」

それに君はもう、内定してるんだよ、とくどいほどに繰り返す課長に「ありがとうございます」と礼を言い、社をあとにしたときにはもう、俺は三友《みとも》への——この社への就職を決めていた。

理由はよくわからない。同業他社のほうでは色々な餌を——入社二年でＭＢＡを取得のため米国への留学を約束するとか、絶対に希望部署に配属する、というような、破格な扱いを——撒《ま》かれていたにもかかわらず、どうしてこの社を選んだのかは、俺自身が謎《なぞ》だと思っていた。

いや——多分俺はわかっていたのだと思う。あのとき役員室の前であの綺麗な学生と擦れ違わなければ、おそらく俺は業界トップの同業他社に就職を決めていたに違いなかった。

それゆえ、入社式のあとに発表された配属先が、その綺麗な学生と——既にお互い新入社員だったわけだが——同じだとわかったときには、まさか人事課長が手を回したのではないかと、あり得ないことを考えてしまったほど驚いた。

配属先の発表は管理協力部門から営業部門の順であり、名を呼ばれると一歩前に出る。それを迎えにきていた各部の人間が連れて自部署へ向かう、という形式となっていた。

「桐生隆志《たかし》君」

「はい」

返事をし、一歩前に出ると、新入社員も、迎えに来ていた社員も一斉に俺を見たのがわかった。

こういう状況には慣れている。自分で言うことではないが、俺は随分と人目を惹《ひ》く容姿をしているようだ。

「長瀬秀一《しゅういち》君」

「はい」

続いて名を呼ばれ、後方から凜《りん》とした声が響いたのに、同じ部になったのはどんな男か、と俺は振り返り、忘れもしないその綺麗な顔に思わず驚きの声を上げそうになった。

「建設部の新人は君たち二人だ。よろしく頼むよ」

迎えに来たのは北村《きたむら》という課長だった。でっぷりと腹の出た、背の低い男だ。商社マンには見えないな、と思っていた俺の横で、綺麗な男は——長瀬は、「よろしくお願いします」と課長に向かい殊勝に頭を下げていた。

連れていかれた部では自己紹介をさせられ、その後すぐにそれぞれの指導係に引き取られての仕事の説明となった。

俺の指導員は入社五年目の林《はやし》という男で、東大卒ということだったが説明は要領を得ず、とても切れ者とは思えない、使えなさそうな男だった。

何度も同じ話を繰り返す彼にうんざりしてしまいながら俺は、それにしても、と思わぬ再会がもたらした動揺を引き摺《ず》っていた。

正式な歓迎会は改めて、ということだったが、その夜、部の若手に新入社員である俺と長瀬は『プレ歓迎会』という名のもとに近所の居酒屋へ連れていかれた。

事前に履歴書が回るので、彼らは俺たちの大学も出身もすべて知っていた。更に言えば、身長体重、それに大学の成績、趣味に卒論テーマなど、皆が皆、熟読しているようだった。

「桐生君ってすごいね。全優だったもん」

「趣味はウインドサーフィンだっけ？　かっこいいね」

いつものこと——などというと、いやらしく聞こえるかもしれないが、事務職の女性が俺を取り囲み、質問攻めにしてくる。

長瀬は、というと、男性の先輩社員に取り囲まれ、色々と質問を受けていた。

「長瀬、彼女いるの？」

「津田沼《つだぬま》寮だろ？　あそこは不便だよなあ。気の毒に」

「そうだ、長瀬、ゴルフやろうぜ。社会人はゴルフだよ」

色々と声をかけてくる先輩社員に彼は「彼女は今いないです」だの「ありがとうございます」だの「よろしくお願いします」だの、笑顔でいちいち丁寧《ていねい》に返事をしていた。

なんとなく面白くない、という気持ちがちらと頭をもたげたが、それが何に根ざしているのかという自覚は、そのときまだ俺の中にはなかった——と思う。

夜中までさんざん飲まされたあとお開きになり、俺と長瀬は終電に飛び乗り千葉にある寮へと向かったのだが、その車内が俺たち二人が初めて会話する場所となった。

「あらためて、よろしく」

長瀬は少し酔っぱらっているようだった。白皙《はくせき》の頬が紅潮し、目が酷く潤んでいる。綺麗な顔だ、と見惚れそうになりながら俺は、

「桐生だ」

よろしく、と軽く頭を下げた。

「知ってる。新人の中でも有名人だから」

「え？」

長瀬は俺を『知っている』という。俺は彼の存在を今知ったのに、と思いながら問い返すと、彼はにっこりと笑って答えてくれたのだが、俺はまた『花が咲いたように笑う』とでもいうような可憐な彼の笑みに目を奪われてしまっていた。

「人事部長が惚《ほ》れ込み、土下座して入社してもらったって評判だったよ」

「馬鹿げた噂《うわさ》話だ」

必要以上にぶっきらぼうな口調で言い捨ててしまったのは、話の内容よりも自分が、同年代の男の顔に見惚れているという現実を受け入れがたく思っていたからだった。

「そうなんだ」

長瀬は俺の機嫌が悪いことを敏感に察したらしい。

「気に障ったらごめん。入寮式にも君は来なかったから、確かにいろんな噂話が一人歩きしていたのかもしれない」

入寮式というのがひと月前にあったのだが、馬鹿馬鹿しいと俺は参加しなかったのだった。結局荷物だけ送って、実際世話になる今日まで訪れはしなかった。ということはこれから荷ほどきか――といっても着替えを送ったくらいなので、そう手はかからないと思うが、などと考えているうちに無口になった俺の前で、長瀬は居心地の悪そうな顔をし、抑えた溜《た》め息《いき》をついていた。

普通、寮も所属部も同じであるのなら互いの交流は深まりそうなものだが、俺と長瀬の間にはそんな『交流』は芽生えなかった。

別に長瀬に限ったわけではなく、他の寮の住人とも俺は特に仲良くなることはなかった。客寄せのために合コンに誘われることはよくあったが、突っ込んだ付き合いをする人間は誰もいなかった。

一方、長瀬はある程度『突っ込んだ』付き合いをする友人を寮内に得たようだ。田中《たなか》という、自動車部所属の男と長瀬はよく一緒にいたし、たまに合コンで一緒になるときでも二人はつるんでいた。

俺は滅多に寮の食堂で飯を食うことはなかったが、長瀬と田中はよく朝食を一緒にとっていたようだ。出社も一緒であることが多かったが、俺の目には田中が長瀬に付きまとっているというようにしか見えなかった。

長瀬は容姿が整いすぎているせいか、取っつきにくいという印象を周囲に与えているようだった。実際に話してみるとすぐにその印象は払拭《ふっしょく》され、あまりにも『普通』な中身に愕《がく》然《ぜん》とする。

だがその『実際に話してみると』というところまでがなかなかに高いハードルのようで、酒の入った席で、年長者が声をかけてくることはよくあったが、同年代の同性からはどこか遠巻きにされているところがあった。

そのハードルを最初に越えたのが田中というわけだ、と、俺はこの、もと早大ラグビー部の花形選手だったという彼が長瀬との間の距離を急速に狭めていくのを、日々眺めるでもなく眺めていた。

そのとき、面白くない、という思いをそこはかとなく抱《いだ》いてはいたものの、だから何、という考えはなかったと思う。

春が過ぎ、夏が過ぎ、そして秋が過ぎても、俺と長瀬の距離は相変わらずほぼ平行線を辿《たど》っていた。

お互い歩み寄ろうという意識がないのだから当然なのだが、年末が近づいても尚《なお》、俺たちは親しく会話を交わすでもなく、顔を合わせれば挨拶《あいさつ》をするという程度の付き合いのままだった。

社内での俺の評判は、まさに学生時代の繰り返し、というようなものになっていた。遊んでいる気はないが、周囲には『美味《おい》しいトコ取り』と妬《ねた》み嫉《そね》まれる。別に自分から手を出すわけじゃない、女が寄ってくるだけだ、などと言えば嫌味にしか聞こえないだろうから口にはしないが、実情はまさにそのとおりで、いい加減鬱陶《うっとう》しいなと思っていた。

仕事面は、社会人というのはこんなにチョロいものなのか、と思ってしまうほどに順調だった。

もう少し頭を使え、と言ってやりたい人間が部内にはゴロゴロいた。ひと月をまたずして俺は指導員の手を離れ、自分の思うような営業戦略を打ち立てていったが、最初は反発を生んだものの、数字で答えを出すと周囲の評価は賞賛に変わった。

「さすが、人事部長が土下座してまで入社を乞《こ》うた逸材だ」

『人事部長の土下座』は単なる噂だったにもかかわらず、いつしかそれが事実として認識され、俺の評価を高めていく材料の一つとなった。

仕事はつまらなくはなかったが、この程度、と思うほどに容易《たやす》かった。一方長瀬は、真面《まじ》目《め》にコツコツと先輩社員の指導に従い、可もなく不可もない評価を得ていた。

それからあっという間に二年が過ぎ、俺と長瀬は相変わらず淡白な付き合いのまま三年目の冬を迎えた。

毎年年末には、賞与のための各自の評価付けが行われる。上司が部下の面接をし、点をつけるのだ。三年目の今年の冬から俺も評価の対象となるとのことで十五分ほど課長と面談したが、はっきりいって「よくやってる」以外の何を言われたかは覚えてもいないような、つまらない十五分間だった。

長瀬もまた面接を受けたようだが、部屋を出てきた彼の顔は暗かった。何があったのかと聞いてみたい気がしたが、まるまる二年以上同じ部に所属してはいても人事面接でのできごとを互いに聞きあえるような人間関係は俺たちの間にはまったく構築されていなかった。

その夜、俺は接待があり、随分遅くなってから寮へと戻った。喉が渇いたなと、食堂にあるベントコーナーに向かった俺の耳に聞き覚えのある声が飛び込んできて、思わず俺は足を止め、声に耳を澄ましてしまった。

「まあね、落ち込まないといったら嘘になるんだけど、仕方ないよね」

声の主は長瀬だった。物陰からそっと覗《のぞ》くと、薄暗い食堂内で、缶コーヒーを手にした長瀬と田中がテーブルにつき話をしている。周囲には誰もおらず、二人の様子からどうも、軽く飲んできたあと、コーヒーを飲んで酔いを覚まそうということになった——そんな感じだった。

「注意されないだけいいと思わないとね」

長瀬が苦笑し、缶コーヒーを呷《あお》る。

「俺の面接なんて、三分で終わりだぜ。興味ないってのがミエミエでさ。それより全然マシだろう」

見たところ、落ち込む長瀬を田中が慰めているようだ。一体長瀬は何を落ち込んでいるんだろうと、俺はその場に佇《たたず》み、二人の会話に意識的に耳をそばだてた。

「『独創性がない』も『言われたことをやるのが精一杯』もその通りなだけに、落ち込むんだよね」

長瀬が苦笑する声に、

「だいたい若手の中にどれだけ独創性がある奴がいるっていうんだよ。まずいないだろ」

フォローする田中の声が重なる。

「そうかな」

「ああ、桐生くらいだろ、先輩社員追い抜いて仕事伸ばしているのなんてさ」

いきなり出てきた自分の名に、俺の胸はらしくもなくどきり、と微《かす》かに脈打った。

「同じ部の同期が桐生じゃ、長瀬も損だよな。比べられる相手が悪すぎる」

田中が心底同情したようにそう言うのに、長瀬はなんと答えるだろう、と息を詰めている自分に気づき、俺は愕然としてしまった。

自分が立ち聞きをしているというこの状況が俺に衝撃を与えていた。俺はあまり他人に対し、興味を覚えない。それゆえ人の噂話にはまるで頓着しないという自覚があった。同じ理由で人からの評価も気にならなかった。学生時代から周囲の人間には好き勝手に言われていることは知っていたが、他人から見る自分の像にも俺はまったく興味がなかった。

誰が何を言おうと俺は俺だ。確固たる自我を確立させていれば、他人に何を言われようが気にならないものだ、というのが俺の持論であり、その自我を確立できているという自負もあった。

その俺が——自分に対する噂話など馬鹿馬鹿しいと切り捨ててきた俺が、長瀬の言葉を聞き漏らすまいと息を詰めている。なんというらしくないことを、と微かに動揺しつつ俺はその場を離れようとしたのだが、そのとき耳に響いてきた長瀬の声が再び俺の動きを止めた。

「それはあんまりないいんだよね。もともと桐生は僕とは違う世界にいる人間としか思えないから」

「違う世界って」

田中が笑う声に「変かな」と長瀬が笑う声が重なる。

「出来が良すぎて、スタート地点から違うって意味だったんだけど」

「あー、わかる。いくら院卒だからって、頭の出来があぁも違うと、まさに自分とは『別世界』の人間って感じだよな」

二人が話している内容は、俺の陰口ではなかったにもかかわらず、そのとき俺の胸には憤りとしかいいようのない感情が芽生えていた。

そのまま気づかれぬよう食堂を立ち去り、自室へと戻る。締めたドアに拳《こぶし》を叩《たた》きつけようとしたのを寸前で止めたのは、それが単なる八つ当たりとわかっていたためだった。

握りしめた拳が細かく震えているのがまた許せなく、俺は更に強く拳を握り込むと、自室に備え付けてある冷蔵庫の中からビールを取り出し、プルトップを上げた。

一気に飲み干したあと、手の中で缶を潰《つぶ》し、ゴミ箱へと放る。ドサッとベッドに腰掛け、大きく息を吐いた俺の耳には、今聞いたばかりの長瀬の声が蘇《よみがえ》っていた。

『もともと桐生は僕とは違う世界にいる人間としか思えないから』

またも怒りが再燃してくるのを息を吐き出して抑え込むと、ごろりと仰向《あおむ》けに寝転がり、天井を見上げた。

他人の言葉に自分がここまで腹立ちを覚えることに、俺は戸惑いを覚えていた。しかもその言葉の内容は、俺を誹謗《ひぼう》するものでも嘲笑《ちょうしょう》するものでもなく、賛辞とまではいかないが、俺の実力を認めたものであるにもかかわらず、胸に燃える怒りの焔《ほむら》はなかなか収まってくれない。

長瀬の世界には俺は存在しない——彼がそういう意味合いであの言葉を漏らしたわけではないことくらい、人の心の機微を読めないとさんざん女達に罵《ののし》られた俺でもさすがにわかるが、わかって尚、腹立ちを覚えるのはなぜなのか。

あの言葉を告げたのが長瀬でなければおそらく俺は、聞いた傍から馬鹿馬鹿しいと忘れてしまっていたに違いない。なぜに長瀬だとこうも怒りが込み上げ、許せないとまで思ってしまっているのだろうか。

仕事が絡む人間関係は俺の得意とするところだった。それが受注に繋《つな》がるのであれば、相手を喜ばせるためには何をしたらいいか、それを考え実行に移した結果、失敗したことは一度もない。

利害関係を何も生まない相手との人間関係を構築するのは、苦手中の苦手だ。こと『恋愛』がかかわると、面倒くさい、この一言に尽きてしまう。

相手が何を望んでいるか、わからないほど馬鹿でも鈍感でもないが、望みをかなえたいという気にまるでなれないのだ。この女を喜ばせることになんの意味が、と思ってしまう。自分自身が相手に何を望んでいるかは、考える気にもなれなかった。別に何も望んじゃいない。唯一望みがあるとするなら、あとくされなく別れてほしい、それだけだった。

それゆえ自分の気持ちを突っ込んで考えたことは今までの人生で一度もない。『自分でもよくわからない』感情など抱いたことも一度もなかった。

それが——。

「……馬鹿馬鹿しい」

ぼそりと呟く己の声が、天井に響いてゆく。こんな風に独り言を呟くこともそういえばなかったな、と自嘲《じちょう》する俺の耳には、リフレインのように長瀬の声が響いていた。

その翌日——客先との忘年会のあと、仕事を残し、二人して戻った社内で俺は長瀬を抱いたのだった。

トントン、と小さくノックする音と共にドアが開き、『後始末』を終えた長瀬が会議室に戻ってきたのに、俺は暫《しば》しの思考から醒《さ》めた。

すっかり灰の部分が長くなっていた煙草を灰皿でもみ消し、彼を見上げる。

小さな白い顔に疲労の色が濃い。誰が疲れさせているかという話だな、と思いながら立ち上がり、ぐるりと室内を見渡している長瀬に近づいていくと、長瀬はびく、と身体を震わせ一歩退《ひ》こうとした。

「なんだよ」

思わず俺の手が出、彼の細い腕を摑《つか》む。

「あ、いや……」

おそらく彼の意識を越えた、反射的な所作だったのだろう、長瀬は少し狼狽《ろうばい》してみせたあと、慌てたように「なんでもない」と首を横に振ると無理に作った笑顔を向けてきた。

「さっき警備員と擦れ違った。今日は巡回が早かったんだね」

「そうか」

頷いた俺を、長瀬が「行こうか」と室外へと促そうとする。

「煙草、一本」

吸わせろ、と言うと、長瀬は小さく頷いたが、俺が彼の手を離し、再びソファへと腰掛けても腰を下ろそうとせず、所在なさそうにその場に佇んでいた。

「座れよ」

俺がそう言うとようやく「うん」と頷き、向かいの一人がけのソファへと腰を下ろす。

「お前も吸うか？」

「……いや……」

煙草を一本差し出すと長瀬は首を横に振りかけたが、ちら、と目線を煙草から彼へと向けると、

「それじゃ、もらう」

細い声で答え、綺麗な指を伸ばしてきた。

長瀬も煙草を吸うのか——初めて知った、と俺は自分が火をつけたあとのジッポを彼に投げた。

「ありがとう」

長瀬が器用に受け取り、咥《くわ》えた煙草に火をつけたあと、身を乗り出し俺にライターを手渡してくる。

「煙草、吸うんだ？」

「たまに」

言いながら長瀬は紫煙を吐き出したが、『吸う』というよりは『ふかす』という感じで、本人の言葉どおりたまに咥えるという程度なのだろうということがわかった。

同時に俺は三年もの長い間近くにいるにもかかわらず自分が長瀬のことをほとんど何も知らないということにも気づく。

彼が何を好むのかも――まあ、セックスのときの体位くらいはわかってきたが――趣味が何かも、学生時代に何をしていたのかも、それどころか家族構成や出身地も、何一つ知っちゃいないのだ。

かろうじて大学は慶応、学部は経済とは知っていたが、それも直接聞いたわけではなく人づての――課長からの情報だった。

しかし今更、『趣味は』と聞くのもな、と思いつつ俺もまた煙草の煙を吐き出したそのとき、

「なあ」

おもむろに長瀬が口を開いたのに、俺は驚き顔を上げた。

「なに？」

「桐生はゲイなのか？」

目の前で酷く思い詰めた顔をした長瀬が、じっと俺を見つめている。俺は唖然《あぜん》とそんな彼の顔を見返していた。

実は長瀬には外見を裏切る意外な部分に、時折こうして、酷く驚かされることがあった。近寄りがたい美貌の持ち主である彼は、クールに見られがちだが、実はごくごく普通の取っつきやすい性格であるということにまず驚かされ、華奢なそのなりから、大人しく気の弱い性格だと思っていると、意外にも太いところがあると知ってまた驚かされる、そんな感じだ。

長瀬が俺との行為を唯々諾々《いいだくだく》と受け入れているのは、彼が俺を恐れているからだということはその目を見ればわかった。俺を見るときの長瀬の目の中には、常に怯えの色がある。

その色が俺を酷く苛《いら》つかせるのだが、それはさておき、そうして怯えるほどに恐れている相手である俺に、唐突にこんなストレートな問いをしてくるとは、意外としか言いようがなく、俺はぽかんと口を開け、まじまじと彼を見やってしまったのだった。

「……ごめん、気分を害したのなら謝るよ」

俺があまりにも彼を注視してしまったからか、途端に長瀬の目の中にいつもの怯えの色が走り、おどおどとした態度が戻ってくる。俺の視線に耐えられなくなったのか目を伏せた彼の長い睫《まつげ》が、白皙の頬に影を落とす。震えるその影を見る俺の胸にはいつもの憤りが芽生え、気づいたときには紫煙と共に考えてもいない言葉を口にしていた。

「俺はゲイじゃない。俺が『したい』ときにお前が一番手近にいた、それだけさ」

「……え……」

長瀬が驚いたように一瞬顔を上げて俺を見た。が、二人の視線が絡み合うより前に彼はまた目を伏せ「そうか」と小さく呟いた。

少しも納得していない様子の彼を前に、煙草を吹かす俺の憤りはますます増してゆく。

「長瀬」

我ながら尖《とが》った声で名を呼ぶと、長瀬はびくっと身体を震わせ、おずおずと顔を上げた。

「なに？」

「来いよ」

煙草をもみ消した右手を彼へと伸ばした俺を見る長瀬の目には、ますます怯えの色が濃くなってゆく。

「でも……」

「いいから来いよ。警備員の見回りはもう、すんだんだろ？」

躊躇《ちゅうちょ》する彼にたたみかけるようにそう言うと、長瀬は一瞬何かを言いかけたあと、のろのろとした仕草で立ち上がり、センターテーブルを回り込んで俺の前に立った。

「……っ」

腕を強く引き、バランスを崩して倒れ込んできた華奢な身体を抱きとめ、ソファへと押し倒す。

「桐生……っ」

「もう一度、やろうぜ」

そう言い、ベルトに手をかけた俺に、長瀬はぎょっとしたように目を見開いたが、抵抗することはなかった。それをいいことに俺はかちゃかちゃと音を立てて彼のベルトを外し、『後始末』の済んだ下肢を裸に剝く。

「しごけよ」

一旦腕を引いて身体を起こさせ、命じると、長瀬はまた何かを口にしかけたが、すぐに唇を噛み、身を乗り出して俺のファスナーを下ろすと、中から取りだしたそれをゆっくりと扱き上げ始めた。

挿入する前、彼に扱かせるのは好きだった。決して技術的に巧《うま》いわけじゃないが、彼の繊細な指が俺に触れている、その様を見るのが好きなのだ。

俺を勃《た》たせようと必死になる長瀬の顔を見るのも好きだった。伏せた目でじっと俺の雄を見つめ、微かに頬を紅潮させるその顔を見るだけでも昂まってしまう。

「……あ……」

あっという間に勃ち上がった俺に、長瀬が微かに驚きの声を漏らした。さっきまでさんざんやったのに、とでも言いたいのだろう。

「あ、ごめん」

だが俺がじろりと睨《にら》むと長瀬は声を上げたことを詫び、俺から手を離した。

「寝て」

命じると長瀬は大人しくソファへと仰向けになり、何を言うより前に両脚を広げてみせる。

「わかってきたじゃないか」

従順すぎるほど従順な仕草に、思わずクスリと笑うと、長瀬はまた何かを言いかけたが、結局口を閉ざし目を伏せた。

震える睫の影が、嚙みしめた唇の紅さが、俺の欲情をこれでもかというほど煽《あお》り立てる。両脚を抱え上げ露《あら》わにしたそこに、彼の手で勃起した雄をねじ込むと、長瀬の嚙みしめた唇が解《ほど》け、微かな息が漏れた。

「まだ熱いな」

行為の名残の熱が残るそこに、ずぶずぶと雄を挿入させていく。

「や……っ……」

長瀬の腰が捩れ、S字のラインが生まれるのもまた煽情的だと思いつつ、俺は一気に腰を進めると、勢いをつけて抜き差しを始めた。

「あっ……やっ……あっ……」

長瀬の背が仰け反り、白い喉が露わになる。俺の突き上げに呼応するように彼自身も腰を動かし始めたが、どうやらそれは意識を越えた動きであるらしかった。

これだけ綺麗な男に男性経験がないのは驚きだったが、初めて身体を開かせてから数ヶ月、俺が好むがままに慣らすことができたのは至上の悦《よろこ》びでもあった。

「やっ……あっ……もうっ……」

最初のうちはただただ唇を嚙みしめ——それこそ切れるほどにきつく嚙みしめ、声を上げようともしなかったのに、最近では室外に聞こえるのではないかと案じるほどの嬌声《きょうせい》を上げるようになった。行為に慣れ、与えられる快楽に慣れ、それを更に貪欲に追求する変化は長瀬の身体には現れているものの、彼の精神にはまるで変化が見られないのが寂しくもある。

寂しい――？

律動を続ける頭にふと過《よ》ぎった思いに、何を馬鹿な、と俺は自嘲し、突き上げるスピードを一層上げる。

「あぁっ……」

同時に既に勃ち上がっていた長瀬の雄を勢いよく扱き上げてやると、彼は簡単に達し、手の中にこれでもかというほど白濁した液を飛ばした。

「……くっ……」

俺もまた彼の中で達しそうになったものの、また『後始末』に時間を取られるのも面倒と素早く抜き、外で達する。

「……あっ……」

少しの贅肉《ぜいにく》もついていない長瀬の白い腹に俺の精液がぴしゃりと飛んだのを見たあと、彼の脚を放り投げるようにして離し、傍に用意していたティッシュを数枚抜き取って渡してやる。

「ありがとう」

息を乱しながら長瀬は上体を起こして俺からティッシュを受け取ると、自身の腹を拭《ぬぐ》い始めた。

俺もまた手に残る彼の精液を拭うべくティッシュを抜き取る。二人して無言で服を整えたあと、どちらからともなく立ち上がり、手洗いへと向かったのは手を洗うためだった。

既に灯《あか》りを消されたエレベーターホールを突っ切り、男子トイレに向かうと二人並んで手を洗う。

長瀬はますます疲れた様子になっていたが、達したばかりだからだろうか、頬がうっすらと紅潮しているせいで、顔色には彼の疲労は現れていなかった。

「…………」

いつしかじっと鏡越しに彼を眺めていた俺は、その彼が不意に目を上げたのにはっとし、何気なく視線を逸らせた。彼もまたはっとしたように目を伏せ、手を洗い続けている。

そういえば、なぜ彼は俺に『ゲイなのか』などと聞いてきたのだろうという疑問がふと芽生え、それを聞いてみようと俺は顔を上げた。

「長瀬」

「なに？」

長瀬が蛇口をしめ、再び顔を上げて鏡越しに俺を見る。

「いきなりなんであんなこと、聞いたんだ？」

「あんなこと？」

俺の問いに長瀬は一瞬ぼんやりしてみせたが、すぐに思い当たったらしい。

「ああ……」

小さく声を漏らし頷くと、また彼は目を伏せ、ぼそりと呟いた。

「……疑問に思ったから」

「何を」

問い返した俺に、長瀬は暫し黙り込んだあと、再びぼそりと、ほとんど聞こえないような声でこう告げた。

「……なぜ、僕なんだろうと」

「言ったろ？　手近にいた相手だからって」

長瀬の問いに俺はまた、ほぼ反射的に答えてしまっていた。自分の声がやけに周囲に響くのに、顰《しか》めた顔が目の前の鏡に映っている。

「………………」

長瀬は俯《うつむ》いたまま何も言わなかった。傷ついた様子も、そんな理不尽な、という憤りを覚えている様子もなく、ただ俯いている彼の顔を見る俺の胸がまた猛烈な苛立ちを覚えてゆく。

「帰るぞ」

乱暴にそう言い、開けっ放しになっていた蛇口から流れていた水を鏡へと飛ばす。

「……っ」

ぴしゃっという音に長瀬は驚いたように顔を上げたが、すぐにまた目を伏せ「うん」と小さく頷いた。

深夜二時を回っていたため、当然のことながら終電は出てしまっていた。いつものように社の外で待っていたタクシーに二人して乗り込み、寮へと向かう。それぞれ反対方向の車窓を眺めながら、寮までの四十分余り、俺たちは一言も喋らずに過ごした。

『なぜ、僕なんだろうと……』

車窓を流れる街灯の、オレンジの灯りを目で追っていた俺の耳に、長瀬の細い掠れた声が蘇る。

『俺が「したい」と思ったときにお前が一番手近にいた、それだけさ』

俺の答えに嘘はなかった。接待の酒に酔ってしどけなく眠る彼を見るうちに、欲望を抑えきれなくなったのは紛《まが》うかたなき事実だ。

だが一方、今まで俺は特定の相手に対して、自分から欲望を感じたことがなかったというのもまた、紛うかたなき事実ではあった。

「したい」と思った最初の相手が、なぜ長瀬だったのか――。

『なぜ、僕なんだろうと……』

長瀬の声が、紅潮した頬に落ちる長い睫の影が、流れゆくオレンジ色の灯りに照らされ後方へと流れてゆく。

「…………」

生まれてこのかた、己の胸中を慮《おもんぱか》る体験などしたことのなかった俺がその理由に――感じたことのないこの感情の正体に気づくのには、それから数ヶ月の時を要した。

あとがき

はじめまして&こんにちは。愁堂れなです。

このたびは三冊目のルチル文庫となりました『unison（ユニゾン）』をお手にとってくださり、本当にどうもありがとうございました。

本書はデビュー前にＨＰで連載していた、鬼畜テイストのリーマンラブストーリーです。

オリジナルのサイトを始めよう、と唐突に思い立ったのが二〇〇一年の十二月で、この『unison』は二〇〇二年の二月から連載を開始しました。

それまではそれほどご感想をいただくこともなく、細々とサイト運営をしていたのですが、『unison』の連載を始めてからなぜかＨＰのアクセス数がいきなり十倍くらいに急増し、いただくご感想メールもびっくりするほど増えました。

初めて私に『大勢の方が読んでくださっている』という実感を与えてくれ（あくまでもそれまでと比べて、ですが）、沢山の皆さんに読んでいただけるって幸せだなあ、という喜びを教えてもらった作品でもあります。

おそらくこの作品を書いていなかったら、私の地味な（そして拙い・汗）ＨＰが出版社様の目にとまることもなく、プロデビューさせていただくこともなかったのではないかと思われます。

そういう意味でも、『unison』は私の原点ともいうべき作品ではないかと思うのですが（自分で言うのもなんだか照れますが・汗）その作品をこうして文庫化いただけることになり、とても感激しています。

今でも十分拙いのですが、書いたのが五年以上前なので更に拙く、ひゃ〜（汗）と真っ赤になりながら改稿させていただきました。

内容は王道？　リーマンもので、舞台は「あの」三友商事です。

財閥系の大手総合商社というと、三〇、三〇、〇友の三社なので、その三社の漢字を組み合わせて社名を決めたのだった、と懐かしいことも思い出しました。

私にとってもとても思い入れのある大切な作品ですので、以前サイトでお読みくださっていた皆様にも、今回初めてお読みになる皆様にも、少しでもお楽しみいただけるといいなあとお祈りしています。

今回、本当に素敵なイラストを描いてくださった水名瀬雅良先生に、この場をお借りいたしまして心より御礼申し上げます。

キャラフをいただいたとき、あまりにもイメージどおりの、いえ、イメージ以上に素敵な鬼畜桐生と美人長瀬に狂喜乱舞いたしました。

桐生、かっこいいです〜！　長瀬は艶っぽくも麗しい美人さんで、本当に嬉しかったです。

表紙も口絵もめちゃめちゃ綺麗！　と感動し、本文イラストにはどれもドキドキしっぱなしでした。

お忙しい中、激萌えの美麗イラストを本当にどうもありがとうございました！　今後ともどうぞよろしくお願い申し上げます。

そうなのです。実はこの『unison』は嬉しいことに、シリーズとしてご発行いただけることになっているのでした。

次作『variation（変奏曲）』は来年お届けできる予定です。少し牙が取れた……ようであまり取れてない桐生と、繊細なようでいて心の中のツッコミ度合いから実は太いんじゃないかと思われる（笑）長瀬の二人を、これからもよろしくお願い申し上げます。

今回も担当のO様には大変お世話になりました。文庫化いただけて本当に嬉しかったです。どうもありがとうございます！

またも色々とご迷惑をおかけしてしまい、大変申し訳ありませんでした。これからも頑張りますので、何卒よろしくお願い申し上げます。

最後に何よりこの本をお手に取ってくださいました皆様に、心より御礼申し上げます。

今回、サイト掲載作の他に、「First Love」を書き下ろさせていただいたのですが、五年ぶりに桐生と長瀬の二人を書きながら当時のことがあれこれと懐かしく思い出され、とても感慨深かったです。

長瀬はなかなかファーストネームが作中に出てこず（多分サイト掲載時には『unison』では一回も出てこなかったと思います。下手したら次の『variation』も、その次も出てきてなかったかも・汗）何度か「下の名前はなんというのですか」というご質問をいただいたことを思い出しました。

連載を始める前に、一応登場人物のプロフィールを考えてはいたのですが、あまりにも名前が出てこないので、自分でも忘れてしまったほどでした（笑）。

因みに彼らのプロフィールは、

○長瀬秀一

二十五歳・三友商事勤務。

慶応大学経済学部卒。大学時代はテニスサークルに所属するも幽霊部員。学習塾のバイトに精を出す。家族構成は……今後出てきますので、どうぞお楽しみに。

○桐生隆志

二十七歳　三友商事勤務。東京大学大学院（理学部）卒。体育会ゴルフ部所属。趣味はウインドサーフィン（といいつつ一度もやらせてないような（汗））。

二人とも千葉のはずれの独身寮に住んでいますが、どちらも出身は関東。（長瀬は神奈川、桐生は東京）、そして二人とも英語が得意（ＴＯＥＩＣ高得点）。

と、こんな感じです。

因みに田中は、一浪の早稲田大卒の二十六歳、体育会ラグビー部所属。彼は今後何かと長瀬に絡んでくる予定です（そして桐生がジェラる予定です・笑）。

本当に懐かしく、思い出深いこの作品が、皆様にも気に入っていただけましたらこれほど嬉しいことはありません。よろしかったらどうぞご感想などお聞かせくださいね。皆様のご感想、心よりお待ちしてます！

さて、ルチル文庫様の次のお仕事は、次回（十一月）『罪シリーズ』（オール書き下ろしの新作です）をご発行いただける予定です。いよいよごろちゃんの家族登場？　というお話になると思います。

こちらも皆さまに少しでも楽しんでいただけるよう、頑張ります！

また皆様にお目にかかれますことを、切にお祈りしています。

平成十九年八月吉日

愁堂れな

＊公式サイト『シャインズ』http://www.r-shuhdoh.com/
＊ブログ（携帯からも閲覧いただけます）

『Rena's Diary』 http://shuhdoh.blog69.fc2.com/

＊携帯用メルマガを毎週日曜日に配信しています。http://m.mag2.jp/M0072816 からご登録くださいませ。ＰＣのアドレスからもお申し込みいただけます。

（以前のメルマガと配信元を変更しています。ご注意ください）

このあとに「by myself」の桐生視点「for yourself」を収録いただきました。あのとき桐生はこんなことを考えていたのか～と、少しでもお楽しみいただけると嬉しいです。

for yourself

結局、今日もこんな時間になってしまった。

深夜帰宅だが酒は一滴も入っていない。素面《しらふ》でパソコンのキイを叩《たた》き続けて数時間、目の奥が痛むのを指で押さえて堪《こら》えると、俺はつりを受け取りタクシーを降りた。

今、二〇〇九年度に展開する新店舗設立のプロジェクトが佳境に入っていた。明日のプレゼンは本国のCEOもオンタイムで見るらしい。世界も狭くなったものだ、と思いながらも、それだけに明日は決して失敗できないな、と今更のように俺は自分に課せられた重責に溜《た》め息《いき》をついた。

ここまでこぎつけるためにどれだけ苦労してきたか――そんな泥臭い己の思考に苦笑しつつも、ともすれば日本のリサーチ会社のいい加減さやノウハウの乏しさに対して腹立たしさが込み上げてくるのを無理やり頭の奥へと押しやり、明日のために少しでも早く寝ようと、俺はマンションのエントランスをくぐった。

もう――十日も会っていないな。

上昇するエレベーターの壁に寄りかかり、俺はふと彼の――長瀬《ながせ》のことを思った。

黒目がちの切れ長の瞳が欲情に潤み煌《きらめ》く様《さま》が、その身に与えられる悦楽を堪えるように顰《ひそ》めた彼の眉が、漏れる吐息を堪えようと噛《か》み締められた唇が、不意に俺の脳裏に蘇《よみがえ》る。男にしては色白なその頬《ほお》が己の内に滾《たぎ》る熱で紅潮し、華奢《きゃしゃ》、というほどではないが、細身の身体《からだ》が俺の腕の中で身悶《みもだ》え、撓《たわ》む。

いや、あまり感情を露わにしない外見を裏切る貪欲《どんよく》な身体——俺が一から慣らし、思うがままに、いや、最近では思う以上に俺を昂《たか》め、この身に滾る欲情の全てを受け止めてくれるあの身体——。

彼を抱きたいな、と思った途端、己の下肢が疼《うず》くのを感じ、俺は苦笑してしまった。疲労がピークに達すると、俺はいつも彼の肢体を知らぬうちに思い描いていた。身体は疲れているはずであるのに、どうしようもなく彼が欲しくなる。疲労と性欲は実は比例しているのかもしれない、などと馬鹿げたことを考えてしまうのも、相当疲れている証拠なのだろう。

抱きたい、というよりは——。

俺はポケットに入れた携帯を上着の上から押さえた。会いたい。声が聞きたい——我ながらセンチメンタルなことじゃないか、と俺はまたも苦笑し、携帯から手を離した。深夜二時半を回ったいま、電話など出来るものではない。長瀬のことだ、

「どうしたの？」

と眠そうな声を出しながらも、俺の話に付き合ってくれるとは思うが、その瞬間には俺は

きっと生身の彼に会いたくなるに違いなかった。

会えば抱き締めたくなる。そして——。

どうしてこれほどまでに、彼に惹《ひ》かれてしまうのか。

ウィン、という音をたててエレベーターが俺の部屋の階に止まった。勢いをつけて壁から身体を離すと、俺は今までの思考を振り払うように軽く頭を振りながら、鍵を開け、部屋の中へと入っていった。


部屋の空気は籠《こも》っていた。ここのところ、まともに掃除もしていない。こんな生活も明日で終わりだ、と思いながら、俺はふと幾許《いくばく》かの違和感を覚え、ぐるりと室内を見回した。

誰かが部屋に入った気配がする。

まさか——。

再び脳裏に浮かぶ彼の顔を、馬鹿馬鹿しいと俺はまたも頭を振って追い出すと、泥棒じゃないだろうな、と思いつつ寝室へと向かった。

寝室の明かりは消えていた。が、微《かす》かな息遣いが室内に響いていた。部屋の中央、俺のベッドがやけに盛り上がり、中に人がいることを示している。

この息遣いは――。

逸る心を抑え、俺は入り口近くの照明のスイッチへと手をかけた。

パチ、という音とともに室内に明かりが灯される。ぎょっとしたように俺のベッドの上で、布団の間から顔を覗《のぞ》かせたのは――やはり彼、だった。

「長瀬」

名を呼ぶと、彼は慌てて布団の中で身体を動かした。

もしや、と俺は大股でベッドへと近づいていき、ばさっと勢いよく掛け布団を彼から引き剝《は》ぐ。

彼はバツの悪そうな顔をして俺から目を逸《そ》らせた。急いで上げられたらしいトランクスの前が盛り上がっている。

あの息遣い――いつもこの腕の中で聞く、彼が達する直前の息遣いだと思った俺の勘は当たっていたわけだ。彼がここで何をしていたか、勿論《もちろん》一目瞭然ではあったのだけれど、敢《あ》えて俺はにっこりと笑いながら尋ねてやった。

「……何をしているのかな？」

「お邪魔してます……」

こういうときの長瀬の可愛《かわい》さは殺人的だ。普段、彼の顔は造作が整っている分あまり感情が表に現れることはないのだが、こんな風に困ったような、照れているような表情をした瞬間、クールにさえ見える彼の顔には少し幼さが生まれ、思わず抱き締め、この腕の中にそんな彼の表情を独り占めしたくなる衝動を覚えずにはいられない。その衝動のままに彼を抱き締めようと、

「……会いたくなったらいつでも来いとは言ったが……」

彼の顔を見下ろすと、長瀬はなにを思ったのか「ごめん」と頭を下げながら、ひどく落ち込んだ顔をした。

「……馬鹿」

長瀬の心理は、時折、俺の理解を超える。彼の落ち込む理由が俺には少しも見えないし、ひどく遠慮深くなるその思考も俺にはまったくわからなかった。

一緒に暮らそう、と誘い続けてもう随分になるが、長瀬は決して「いや」とは言わないまでも、簡単に頷《うなず》いてもくれない。

何故《なぜ》だ、と尋ねても曖昧《あいまい》に首を振るばかりで、無理やり理由を言わせると、

『怖い』

『桐生《きりゅう》に悪い』

などとわけのわからないことを言ってくる。

今も彼は、自慰を見られたことが相当堪《こた》えているらしい。俺は彼の身体に腕を回して半身を起こさせると、そのまま彼を抱き寄せ、布越しに彼自身を握り締めた。

「来るのは構わんが……一人でやるなよ」

「……ごめん」

またも謝り、俺の肩に頭を寄せてきた彼に、

「謝るなって」

俺は笑って、そのまま唇を重ねた。

十日ぶりのキス――。

会えなかったこの十日間を埋《う》めようとでもするかのように、俺たちは貪《むさぼ》るように互いに舌を絡め合い、きつく二人抱き合った。

「会いたかった」

思わずそう囁《ささや》くと、

「会いたかったよ」

彼も掠《かす》れる声で答えてくれる。彼の雄が自慰の名残《なごり》で、今にも達しそうに俺たちの腹の間でどくどくと脈打っていた。

「待ってろ」

俺はそう言うと身体を離し、手早く服を脱ぎ始めた。長瀬も自ら下着を脱ぎ捨て、ベッドの中、全裸で俺の来るのを待っていた。

「……ご褒美かな」

彼の横に滑り込みながら、俺は思わず呟《つぶや》き、くすりと笑ってしまった。

「ご褒美？」

「そう……毎日毎日、こんなに遅くまで真面目《まじめ》に働いていたご褒美かな」

俺の上に腹ばいになった彼が、俺をゆっくりと扱《しご》き上げてくる。俺はそんな彼の後ろへと手を伸ばすと、独り言のように延々と言葉を続けてしまった。

「ほんと……今回はキツかった。さっきなんとか目処《めど》が立って……明日のプレゼンで多分決定だ。毎日毎日、これがひと段落ついたら、お前に電話をしようとそればかり考えてた。まさか今日、お前から訪ねて来てくれるなんて夢でも見てるのかと思ったよ」

喋《しゃべ》りながら彼の後ろを指で弄《いじ》っているうちに、彼は耐え切れぬようにその雄を俺へと擦《こす》りつけてきた。が、普段以上によく喋る俺に違和感を抱《いだ》いたらしい、

「……疲れてるんじゃないか？」

心配そうに俺の顔を上から見下ろしてきた。

「疲れてるよ」

答えながら、俺は俺の上から降りようとする彼の身体をしっかりと抱き締めた。

「……なら……今日は止《や》めよう」

彼は俺を気遣ったんだろう、後ろに入れた俺の指を避けるように身体を持ち上げ、俺の腕から強引に逃れた。

「……また一人でやろうっていうんじゃないだろうな？」

再び抱き寄せると、

「それを言うなよ」

長瀬は軽く拳《こぶし》で俺の胸を叩いてくる。

「勿体《もったい》ないなあ」

確かにこの時間から彼を抱くのは、明日を思うとある意味暴挙のような気もしていた。が、彼を抱き寄せながら思わず俺の口から漏れたこの言葉はまさしく俺の本心で、それがわかるのか彼はくすりと笑うと、

「明日のプレゼンで決まるんだろ？　そしたらまた、明日来るよ。お祝いしてやる」

俺に覆《おお》い被《かぶ》さり唇を重ねてきた。

あまりに可愛いことを言う、と俺が微笑《ほほえ》みかけたそばから彼は、

「あ、でも、会社の人たちとお祝いするなら気にしないでくれていいよ」

と更に可愛いことを言ってくる。俺は思わず苦笑してしまい、

「お祝いねえ……」

と彼の尻を摑《つか》むと互いの下半身を密着させた。

「それじゃ、明日全身全霊をかけて奉仕でもしてもらおうか」

「御意のままに」

彼もふざけて笑い、身体を動かして自身の雄を俺の雄へとぶつけてきた。猛《たけ》る雄同士が互いの腹の間で勃《た》ちきって、擦り合されるたびにどくどくと痛いほどに脈打ってくる。二人で思わず顔を見合わせ、互いのそれを眺め合ったあと、

「……やっぱりやろうか」

彼を誘うと、長瀬もうん、と頷いた。掛け布団を剝いで、彼を身体の上に座らせる。

「……今日はラクさせて貰《もら》おう」

そう言って笑ってみせると、長瀬はすぐにそれと察して、俺の雄に手を添え、自分の後ろへとゆっくりと導いていった。彼が俺の上に腰を落としきったとき、その唇から漏らした吐息の音が益々《ますます》俺を昂めてゆく。

「動けよ」

少し腰を突き上げるようにして彼を促すと、長瀬はうん、と頷いたあと、腰を動かし始めた。あまりこういう体位はとったことがなかったために、最初は彼の動きもぎこちなかったが、次第に汗を飛ばすほどに彼は激しく俺の上で動き始め、後ろを締め付けるようにして俺を更に煽《あお》っていく。

「……っ」

低く漏した声を聞きつけ、彼がちらりと薄目を開けて俺のことを見下ろした。煽情的《せんじょうてき》なその眼差《まなざ》しに、俺は更に恥ずかしいことをさせたくなり、彼の両手を摑むと、微かに首を傾《かし》

げた彼に、彼自身の猛る雄を握らせてやった。

「さっき……見損なったからな……っ……見せてくれよ」

「ひど……」

言いながらも長瀬の目の縁が欲情に赤く染まっている。彼は腰を激しく上下させながら、その手で己を扱き始めた。達しそうになるからか、すぐに手を休めようとするのを、その手を覆って尚《なお》も扱き上げさせてやると、

「もう……っ」

叫ぶような声を上げ、彼は自分の手の中にその精を吐き出した。それを受けて収縮する後ろに刺激され、俺も彼の中で達する。互いに息を乱しながら、目を見交わし、俺たちは思わず笑い合った。

「……ラクさせてもらった」

そう言って彼の両腕を引き寄せると、彼は俺の胸へと倒れ込んできた。彼が貪るように俺の唇を求めてくるのを、俺も飢《かつ》えたように受け止め、俺たちはいつまでも唇を合わせ続けたのだった。

結局そのあと、二人して酷《ひど》く興奮してしまい、俺は『ラクさせてもらう』どころか、普段以上に激しいセックスをしてしまった。

今、俺の腕の中で、彼は安らかな寝息をたてて眠っている。

ご褒美、かな
時折、微かに揺れるその長い睫《まつげ》の影を見下ろしながら、俺はあと数時間後に迫ったプレゼンの成功を確信していた。

この腕に彼を抱いている限り、恐るるに足る事象など、今の俺には起こりえないのだ、と――。

「う……ん」

彼が俺の胸の中で小さく伸びをしたかと思うと、安心しきったような顔で微笑み、すべらかな頬を寄せてくる。

その背を抱き寄せながら、いつになく満ち足りた眠りにつける喜びを俺は一人噛み締め、彼の髪に顔を埋めた。

✦初出　unison ユニゾン ……………………個人サイト掲載作品（2002年2月）
million dollars night……………個人サイト掲載作品（2002年2月）
by myself…………………………個人サイト掲載作品（2003年3月）
First Love　………………………書き下ろし
for yourself ………………………個人サイト掲載作品（2003年3月）

愁堂れな先生、水名瀬雅良先生へのお便り、本作品に関するご意見、ご感想などは
〒151-0051 東京都渋谷区千駄ヶ谷 4-9-7
幻冬舎コミックス　ルチル文庫「unison ユニゾン」係まで。

幻冬舎ルチル文庫

unison ユニゾン

2007年 9 月20日　第 1 刷発行
2008年10月31日　第 2 刷発行

✦著者　愁堂れな　しゅうどう れな

✦発行人　伊藤嘉彦

✦発行元　株式会社 幻冬舎コミックス
〒151-0051 東京都渋谷区千駄ヶ谷 4-9-7
電話 03(5411)6431[編集]

✦発売元　株式会社 幻冬舎
〒151-0051 東京都渋谷区千駄ヶ谷 4-9-7
電話 03(5411)6222[営業]
振替 00120-8-767643

✦印刷・製本所　中央精版印刷株式会社

✦検印廃止

ISBN978-4-344-81105-8　C0193　Printed in Japan

「幻冬舎ルチル文庫」

大好評発売中

「盃、いただきました」

小川いら　イラスト▼高城たくみ

父親を亡くしたばかりの高校生・乃木坂澪の前に現れたのは、ダークカラーのスーツにサングラスで身を固めた美貌の男・高原誠司。暴力団組織の顧問弁護士だと言う高原に澪が聞かされたのは、自分でも知らない出生の秘密だった。澪は指定暴力団赤間組組長の孫で、3人の兄がいるらしい。しかも、赤間組では澪を「跡継ぎ」として歓迎しており!?

580円（本体価格552円）

「世界が終わるまできみと」

杉原理生　イラスト▼高星麻子

中学2年生の速水有理は、父親と弟と3人で暮らしていた。やがて3人は父の友人・高宮の家に身を寄せることになるが、そこには有理と同じ歳の怜人という息子がいた。次第に恋に落ちる2人だったが……。怜人との突然の別れと父の失踪から5年後。大学生になった有理は弟の学と2人で慎ましやかな生活を送っていた。そんなある日、怜人と再会するが——。

650円（本体価格619円）

発行●幻冬舎コミックス　発売●幻冬舎

「幻冬舎ルチル文庫」
大好評発売中

蜜月～Honey Moon～
雪代鞠絵　イラスト▼街子マドカ

すぐに忘れるから……との切ない誓いのもとに、姉の婚約者・久我貴博に一度だけ抱かれた由生。あれから3年――姉の失踪をきっかけに由生は貴博の住む英国へ赴くことに。昔と変わらず優しい貴博に由生は恋心を募らせるが、それを必死で隠そうとする。しかし、雪に閉ざされた冬の古城で、由生は貴博に組み伏せられ愛される夢を見てしまい――!?

560円（本体価格533円）

スウィートルームに愛の蜜
水上ルイ　イラスト▼ヤマダサクラコ

歴史とサービスとで世界に名だたる帝都ホテル。その格式ある正面玄関を任された麗しきドアマン・相模彰弘は、花のような笑顔で老若男女のゲストを夢中にさせている。ただその日ばかりは少し様子が異なり、相模の方が思わず見惚れてしまう美しい男が現れた――男の名は久世柾貴、ホテル王と呼ばれる久世一族の総帥だった。久世の黒曜石のような瞳で見つめられて相模は動揺を隠せないが、久世はなにやら思惑を秘めているようで……？

540円（本体価格514円）

発行●幻冬舎コミックス　発売●幻冬舎

「幻冬舎ルチル文庫」

大好評発売中

「SUGGESTION」

崎谷はるひ

イラスト▼やまねあやの

強いられて身体を繋ぐ——行きずりから始まった秦野幸生と真芝貴朗の関係も今や蜜月を迎え、秦野は真芝を怖いくらい求めてしまう自分を認めざるをえない。しかし「一緒に暮らそう」という真芝の言葉になぜか応えられずにいた。こんなにも誰かに焦がれたことなどないから？　それとも？　戸惑う秦野を真芝は慮るが、そこへ過去に真芝を手酷く傷付けた元恋人・井川が不穏な姿で現れ……!!　書き下ろし短編も収録し、人気作待望の文庫化!!

600円（本体価格571円）

「恋は君に盗まれて」

高岡ミズミ

イラスト▼西崎祥

経済的にも容姿にもすばらしく恵まれたロバート・デイヴィスJr.は、メジャーリーグの人気球団ニューヨーク・スウェイズのオーナーに昨年就任したばかり。ある日のゲームをオーナー専用ルームで観戦していたロバートの目は、俊足の日本人野手ユウ・コウサカに釘付けになった。少年のような顔立ちにあどけない表情、その細い体に驚くほどの闘志を秘めたユウ——彼がロバートにもたらした感情は「興味」の範疇を大きく越えていて……!?

540円（本体価格514円）

発行●幻冬舎コミックス　発売●幻冬舎